Ayashi-no Hokenshitsu Ⅱ

Ayashi-no Hokenshitsu II

あやしの保健室 II

4

古代生物ネバネバ

春休みの朝早く。

黒乃《くろの》は校門をくぐるなり、妖乃《あやの》の頭からかけおりた。

校庭の、偉大《いだい》な気配に向かって走る。

昨日《きのう》まで、井戸《いど》ほりのための事前調査《ちょうさ》がおこなわれていた校庭だ。

妖乃《あやの》が「地元の人たちと共同《きょうどう》で使う防災井戸《ぼうさいいど》」に興味《きょうみ》をもち、この学校を赴任先《ふにんさき》に選《えら》んだのだ。

が、地面をほって調査《ちょうさ》した結果《けっか》、思ったように水が出ず、井戸《いど》ほりは中止となった。

調査機材《ちょうさきざい》は昨日《きのう》のうちに引きあげられたが、地面にあいた穴《あな》はまだ埋《う》めもどされていないはずだ。

〈地中深くまで穴《あな》があいているときに校庭で大人《おとな》たちによるいさかいが起こり、ののしりあう声が、地中で休眠《きゅうみん》していた「古代生物ネバネバ」を起こした〉と、知らせてきたのは、野生のトケイソウの種《たね》から生まれた妖乃《あやの》の黒子《くろこ》たち——黒乃《くろの》の姉たちだ。

校庭の穴《あな》の底《そこ》に、十数億《おく》年前に誕生《たんじょう》した偉大《いだい》な古代生物がいる。

ぜひ、お会いしたい。

けれど、鉄板が、穴《あな》をふさいでいた。黒乃《くろの》は鉄板のまわりをウロウロして、小石のおかげで数センチ浮《う》いている場所を見つけた。そのすきまからもぐりこむ。妖乃《あやの》の止める声が聞こえたときには、穴《あな》を落下中だった。

「ひょーっ」

数十メートルほど落ちたところでぐにょりと受け止められ、アメーバ状《じょう》の生き物に包《つつ》みこまれた。

「はじめましゅて。ネバネバしゃま」

ネバネバが黒乃《くろの》の中にしみこんでくる。ネバネバの意思や目的《もくてき》が伝《つた》わってきた。人間に寄生《きせい》するつもりらしい。

鉄板がずらされ、妖乃《あやの》の声が降《ふ》ってきた。

「黒乃《くろの》、なにをしてますの？　早く、あがっておいでなさい」

黒乃《くろの》は穴《あな》をかけあがり、地上にもどる。

「ネバネバしゃまに、ごあいしゃつ、しゅましゅた」

そしてひとつ、ネバネバにたのみごとをされた。

もくじ

【二学期】

【三学期】

装丁／大岡喜直（next door design）
装画／HIZGI

一学期

最初の標的《ファーストターゲット》

六年二組　山下《やました》　碧《あおい》

学校って、「みんなで決めていっしょに行動」が多い。「班目標《はんもくひょう》」とか「クラス目標《もくひょう》」とか「学習発表会の発表内容《ないよう》」とか……ほかにもいろいろ。去年あたりから、さらに増《ふ》えた気がする。

みんなで決めるものは、たいてい多数決をとることになる。

たとえば校外学習の班別行動《はんべつこうどう》。碧《あおい》は昆虫館《こんちゅうかん》に行きたかったのに、多数決で負けた。多数決って、少数派《しょうすうは》が負ける仕組みだ。碧《あおい》はいつも少数派《しょうすうは》。「みんなで決めて」の中に碧《あおい》の望《のぞ》みは入らない。それでも「いっしょに行動」しなきゃいけない。

なんで自分のやりたいことをあきらめ、イヤなことをがまんしてまで、人にあわせなきゃいけないわけ？　碧《あおい》ははっきり「イヤだ」って口に出す。人にあわせない。

そしたら、「我《が》が強い」とか「協調性《きょうちょうせい》がない」とか、しかられる。おかしくない？

新学期が始まって三週間目。今日《きょう》の総合学習《そうごうがくしゅう》の授業《じゅぎょう》も班活動《はんかつどう》だ。この町の商店街《しょうてんがい》にある店の店長さんにインタビューに行く計画を、立てる。

碧《あおい》はいちばんに、提案《ていあん》した。

「ハ虫類《ちゅうるい》ショップの店長さんに、インタビューしよう！」

「無理《むり》！　ヘビとかトカゲとか、大きらい」と、すぐさま反対したのは、エマ。

「ケーキ屋さんがいい。あそこのケーキすごくおいしいし、お店の人もやさしいし」

エマの提案《ていあん》に、班《はん》のメンバーがうなずく。

「エマちゃんに賛成《さんせい》」

「あたしも、ケーキ屋さんがいい」

「ぼくも賛成《さんせい》。あの店、人気だよ。ほかの班《はん》にとられる前に、早く決めよう」

「じゃ、ケーキ屋さんがいいと思う人、手をあげて」

班長《はんちょう》の正輝《まさき》が多数決をとった。六人の班《はん》の、碧《あおい》以外《いがい》の五人が手をあげた。それでも、碧《あおい》は抵抗《ていこう》する。

「あたし、ケーキ、きらいなんだけど」

「個人《こじん》の好《す》ききらいを意見にしないでくださ

い」と、エマ。

ヘビやトカゲがきらいって、ハ虫類《ちゅうるい》ショップに反対したくせに。

「多数決の結果《けっか》なので」

正輝《まさき》がそういって席《せき》を立ち、黒板の三班《ぱん》のらんに「ケーキ屋」と書いた。

ほかの班《はん》からも「ケーキ屋」が出し、先着順《せんちゃくじゅん》じゃなくじゃんけん勝負になった。正《まさ》輝《き》が勝って、班《はん》のメンバーから拍手《はくしゅ》されていた。碧《あおい》は拍手《はくしゅ》しなかった。

ハ虫類《ちゅうるい》ショップの店長さんにインタビューしたい。質問《しつもん》はたくさんある。めずらしいハ虫類《ちゅうるい》をどうやって知ったんですか？ 海外のハ虫類《ちゅうるい》はどうやって店に連《つ》れてきたんですか？ 気温や食べ物のちがう日本で飼《か》うのは、むずかしくありませんか？ 飼《か》い方《かた》をどうやって勉強したんですか？ どうやったら、こういうお店の店長になれますか？

やっぱり、ケーキ屋さんより、ハ虫類《ちゅうるい》ショップを調べたい。

碧《あおい》は手をあげた。

「先生、あたしは、ハ虫類《ちゅうるい》ショップを調べます」

先生が碧《あおい》を見て、それから班《はん》のメンバーを見まわす。

「三班《ぱん》はケーキ屋さんに決まったのよね？」

「話しあって、多数決しました」とエマ。

たぶん班《はん》のメンバーもうなずいているだろうけれど、そっちは見ずに続《つづ》ける。

「みんなのじゃまはしません。みんなは手伝《てつだ》ってくれなくていいです。インタビューも、あたしひとりで行きます」

エマのつぶやきが聞こえる。

「また、碧《あおい》ちゃんのわがままが始まった」

先生も、また、と思っているのかもしれない。ちょっと眉《まゆ》をひそめている。六年生ではクラスがえがなく、担任《たんにん》の先生もクラスメイトも五年生からいっしょだ。

先生は、首を横にふって、いった。

「班《はん》でインタビューに行くお店には、学校からお願《ねが》いしておきます。それ以外《いがい》のお店にインタビューするのはやめましょう。お仕事のじゃまになりますからね」

「いとこの学校では、それぞれ希望《きぼう》の店へ行ったって聞きました。班活動《はんかつどう》じゃなかったみたいだし」

先生はため息をつきそうになって、途中《とちゅう》で飲みこむ。

「この学校では……この授業《じゅぎょう》では、班《はん》のみんなと力をあわせ、やりとげることを学びます。班行動《はんこうどう》してくださいね」

碧《あおい》のおなかあたりに、よくわからない感情《かんじょう》がボッと生まれて、そのパワーが両足へと流れた。碧《あおい》の足は机《つくえ》を蹴《け》り、机《つくえ》がガタンと音を立てる。

「山下《やました》さん！」

先生の声がきびしくなり、クラスメイトはあきれた顔でこっちを見る。

「碧《あおい》ちゃん、協調性《きょうちょうせい》なさすぎ」とエマ。

エマはいいよね、やりたいことにみんなが賛成《さんせい》するんだから。

碧《あおい》のやりたいことには、だれも賛成《さんせい》しない。十月にある修学旅行《しゅうがくりょこう》の見学先も、図工の授業《じゅぎょう》で共同制作《きょうどうせいさく》するときも……碧《あおい》はやりたいことをあきらめてばかり。

あきらめたくなくて、ひとりでやろうとしても、今みたいに止められる。

「協調性《きょうちょうせい》なんて、大っきらいっ」

先生が、ため息をついた。今度は途中《とちゅう》で止めなかった。

腹《はら》が立つ。くやしい。悲しい。むかつく。碧《あおい》の内で熱《あつ》いものが、暴《あば》れ始《はじ》める。ヤバい、暴風警報《ぼうふうけいほう》だ。このままじゃ、泣《な》きわめいてしまう。六年生にもなってみんなの前で泣《な》きわめいたら、白い目で見られて、もっとくやしい思いをするだけだ。

碧《あおい》は深呼吸《しんこきゅう》でこみあげてきたものをおさえ、立ちあがる。

「気分が悪いんで、保健室《ほけんしつ》へ行きます」

先生ともクラスメイトとも目をあわせず、教室を出た。

去年も数回、こんなふうに教室から保健室《ほけんしつ》へひなんした。養護《ようご》の先生もお説教《せっきょう》しようとするけれど、気分が悪いといってベッドに逃《に》げこめば、それ以上《いじょう》は追ってこない。

保健室《ほけんしつ》へ向かいながら、四月から養護《ようご》の先生が変《か》わったことを思い出した。

シャロン。

やさしい音がした。保健室《ほけんしつ》の戸に鈴《すず》がついている。以前《いぜん》は、ついてなかったはず。

鈴《すず》の音に続《つづ》いて、ハスキーボイスが聞こえた。

「おいでなさいまし。六年二組、山下碧《やましたあおい》さん。鈴《すず》の音がいい感じに丸くなりましてよ」

白衣《はくい》の女の人が、うれしそうに笑《わら》っている。

窓辺《まどべ》には緑の葉が茂《しげ》って、たぶんハーブなのだろう、さわやかな香《かお》りがする。

鈴《すず》の音に、笑顔《えがお》の出むかえ、窓辺《まどべ》のグリーンカーテン、ハーブの香《かお》り……思いがけない保健室《ほけんしつ》の変《か》わりように、碧《あおい》の内の暴風《ぼうふう》もとまどって勢《いきお》いをなくす。

「カフェみたい」

つぶやいたら、その人はいっそう、うれしそうな顔になった。

「うふ。では、ハーブティーをおいれしましょう。いすにおすわりくださいな」

ルンルン、と聞こえそうな後《うし》ろ姿《すがた》で、保健室《ほけんしつ》の奥《おく》へ歩いていく。

ベッドに逃《に》げこむのは、ハーブティーを飲んでからでもいいかも。

いすにすわって、緑の葉が風にゆれるのを見ているうちに、カップが差《さ》しだされた。

両手でカップを包《つつ》む。温かい。そしていい香《かお》り。こくりと飲めば、碧《あおい》の内にすーっとさわやかさが広がる。

「はあぁぁぁ」

さっきまで碧《あおい》の内で暴《あば》れていた風が、さわやかな息になって出ていった。暴風警報《ぼうふうけいほう》解除《かいじょ》だ。

「うふ。さ、お話しくださいまし。碧《あおい》さんはなにに怒《おこ》っていましたの？」

「あたしが怒《おこ》っていたって、どうしてわかるんですか？」

「養護《ようご》教諭《きょうゆ》二年目の優秀《ゆうしゅう》な妖乃《あやの》先生《せんせい》、だからです」

この先生、始業式のあいさつでも、そういっていた。

「でも、なぜ怒《おこ》っているのかは、碧《あおい》さん自身の言葉でお話しいただかないと、優秀《ゆうしゅう》なわたくしでも、かんちがいしてしまうかもしれません」

碧《あおい》はもうひと口、ハーブティーを飲む。胸《むね》の中に軽《かろ》やかな風が生まれる。

うん、話したい。聞いてもらいたい。

教室であったことを話した。ハ虫類《ちゅうるい》ショップにインタビューに行きたかったのに多数決で負けたこと、ひとりでやるっていったら、協調性《きょうちょうせい》がないと責《せ》められたこと。

「あたしはいつも多数決で負けて、やりたいことをやらせてもらえない。エマみたいにいつも多数決で勝つ子もいるのに。多数決って不公平《ふこうへい》だよね」

妖乃《あやの》先生《せんせい》が深くうなずいたからうれしくなって、さらに話す。

「学校って、『みんなで決めていっしょに行動しなさい』ばっかりで、イヤになる」

先生はまたうなずいてから、いった。

「とくに今は、協調性《きょうちょうせい》や共感力《きょうかんりょく》を育《はぐく》むことに、学校が力を入れていますから」

「どうして⁉」

「数年前、感染力《かんせんりょく》の強い病気がはやって、感染防止《かんせんぼうし》のために共同作業《きょうどうさぎょう》やおしゃべりが制限《せいげん》されましたでしょう？　マスクをしていたから表情《ひょうじょう》で感情《かんじょう》を伝《つた》えあうこともできなかった、という人もいます。そのせいで、協調性《きょうちょうせい》や共感力《きょうかんりょく》を育《はぐく》む教育がぬけてしまった、それを取りもどそう、というわけです。ですから今後も、『みんなで決めていっしょに行動』は減《へ》りませんことよ」

「うっそぉ」

情《なさ》けない声をあげた碧《あおい》に、先生は真顔で答える。

「本当です」

「無理《むり》、たえられない」

「ならば、たえる必要《ひつよう》はございません。正面から反発せずに、上手《じょうず》にすりぬければよろしいのですわ」

「すりぬけるって、どうやって？」

「たとえば、相手に共感《きょうかん》しているような表情《ひょうじょう》で『善処《ぜんしょ》します』とか『検討《けんとう》します』とかいって、終わらせます」

いや、終わらないでしょ。

「それでやらなかったら、文句《もんく》いわれると思うけど？」

「そのときもまた、上手《じょうず》にすりぬけてくれます」

すりぬけてくれる？

「だれが？」

「うふっ」

先生はバレリーナみたいに爪先立《つまさきだ》って、くるりと回る。一回転してこちらに向いたら、その手に白いお面を持っていた。白衣《はくい》の内側《うちがわ》にかくし持っていたんだろうか？

「だれとは明かせませんが、すりぬけのプロたちからノウハウを教わってつくったお面が、こちら、妖乃《あやの》特製《とくせい》アイテム〈すりぬけ仮面《かめん》〉でしてよ。これが、上手《じょうず》にすりぬ

けてくれます。碧《あおい》さんは、このお面を、お顔につけるだけ」

お面はつるんと白く、目と口が笑顔《えがお》の形であいている……笑顔《えがお》の形なのに暗い穴《あな》に見える。耳の位置《いち》には穴《あな》があいて、黒いゴムバンドのようなものが通されている。かわいくも、かっこよくもない。はっきりいえば、不気味《ぶきみ》。

「つけたくない」

碧《あおい》の言葉が聞こえなかったように、妖乃先生《あやのせんせい》はお面を手に、うれしそうにせまってくる。

「人の息を吸《す》うアイテムは早いヘンゲが期待できます。顔全体をおおう仮面《かめん》となれば、マスクやメガネより強力なヘンゲにちがいありません。待ち遠しいこと。あら、ついひとりごとを。うふ。これは貸《か》し出《だ》しです。いい感じに使いこまれたら、新しいお面と交換《こうかん》いたしましてよ」

「こんなお面をつけて教室に入れない」

「保健室《ほけんしつ》でお渡《わた》ししたものは、しかられることも、笑《わら》われることも、ございません。それに、このお面は、人の顔につけば透明《とうめい》になりましてよ」

妖乃《あやの》先生《せんせい》はぐいぐいせまって、期待に満《み》ちた大きな目で碧《あおい》を見つめる。

いつのまにか碧《あおい》の手にお面がある。

「うふ。試《ため》してごらんなさいまし」

気づけば、お面をつけていた。お面が碧《あおい》の手を動かしたような気もする。

意外と、つけ心地《ごこち》がいい。軽くて、やさしい肌《はだ》ざわりだ。

「ほら、すりぬけのプロのようなお顔になりましてよ」

先生が鏡《かがみ》を持って、碧《あおい》の顔を映《うつ》す。

お面は消えて、ほほえみを浮《う》かべた碧《あおい》が映《うつ》っている。これなら教室でうまくやれるかも？　試《ため》してみるくらいなら、いいかな。

「おうちでは、はずしてくださいまし。ずっとつけたままだと、お面がお面であることを忘《わす》れ、お顔からはがれなくなるかもしれません。まあそうなったらなったで、その後を観察《かんさつ》するのも楽しそうですけれど」

いや、こわいって。でも、碧《あおい》はにっこり笑《わら》って、いった。

「ご忠告《ちゅうこく》ありがとうございます」

シャロン。妖乃《あやの》先生《せんせい》に見送られて、保《ほ》健室《けんしつ》を出た。

教室にもどったら、二時間続《つづ》きの総合学習《そうごうがくしゅう》がもうすぐ終わるところだった。

先生は碧《あおい》を見て、軽くうなずく。クラスメイトも、何人かが、チラリとこっちを見ただけだ。

席《せき》にもどった碧《あおい》に、エマが、ノートを広げて見せる。

「ケーキ屋さんへインタビューに行く前に、下調べすることになったから。碧《あおい》ちゃんの分担《ぶんたん》はここ」

碧《あおい》は、ろくにノートを見ずに、うなずく。

「下調べは大事だよね」

素直《すなお》にそういった碧《あおい》に、エマも班《はん》のメンバーもおどろいている。いちばんおどろいているのは碧《あおい》だけれど。

「でも、できるかなぁ……できなかったらごめんね……ちょっとワケアリで……あ、気にしないで……やれるだけやってみる」

ワケアリってなんだよ、と心の中でつっこみを入れながらも、碧《あおい》の声は細く申しわけなさそうに、碧《あおい》の思ってもいない言葉を口にしている。これが、すりぬけ仮面《かめん》の技《わざ》か。

エマが、とまどい気味にいう。

「……自分の分担《ぶんたん》、ノートに書き写せば？」

「うん、ありがとう」

感謝《かんしゃ》のかけらもないくせに、よくいうよ。また心の中で自分につっこみながら、書き写すふりだけした。やる気はまったくない。やる気がないことはやれない。できなかったらごめんって、先にあやまったからセーフ。

今までだったら、「やらないっ」って口に出して、けんかになったりしかられたりしているところだ。

それ以上《いじょう》はなにもいわれず、授業《じゅぎょう》は終わった。うまくすりぬけたようだ。お面、役に立つじゃん。フィット感もよくてつけていることを忘《わす》れそう。つけてるよね？　頭の後ろにまわしていた黒いバンドにさわって確認《かくにん》しようとしたとき、指先にしめったものがあたった。と同時に、耳もとで声がした。

「ネバネバターッチ、でしゅ」

え？　指先を見る。黄色い絵の具のようなものが、ちょん、とついている。なにこれ。ふきとろうとティッシュを取りだしたときには、もう消えていた。

見まちがいだったのかもしれないけれど……手を洗《あら》った。

帰りの会で、体育委員のエマが「運動会アンケート」を配った。六月初旬《しょじゅん》の運動会に児《じ》童《どう》の希望《きぼう》を反映《はんえい》させたいとかで、やりたい競《きょう》技名《ぎめい》に〇をつけるようになっている。

運動会も「みんないっしょ」イベントだ。クラス対抗《たいこう》リレーとか、足をそろえて行進とか、心をひとつにして応援《おうえん》とか。運動会も、お面ですりぬけられないかな。やりたい競技《きょうぎ》

もない。アンケートは、そのまま机《つくえ》の中に放りこんだ。

お面は、家に帰って自分の部屋ではずし、ランドセルに入れた。

次の日、登校する前に、また自分の部屋でつけた。

学校で人ともめることがなくなり、イヤなこともうまくすりぬけ、サラサラと時間が過《す》ぎた。どうでもいい時間みたいにサラサラと。

お面をつけ始めて、二週間ほどたった朝。

机《つくえ》の中からくしゃくしゃの紙が出てきた。広げて見たら、「運動会アンケート」の用紙だ。提出《ていしゅつ》しないまま忘《わす》れていた。というか、提出《ていしゅつ》する気もなかったけれど。エマに見つかったら文句《もんく》をいわれそうだから、丸めて捨《す》てよう。

と、思ったのに、競技《きょうぎ》リストを目にしたら、ワクワクしてきた。二人三脚《ににんさんきゃく》、つな引き、ダンス、ムカデ競走《きょうそう》。どれも楽しそう。あれ？　今までこんな競技《きょうぎ》はきらいだったのにな。でも「楽しい」が増《ふ》えるのはいいことだ。

ひときわすてきな競技名《きょうぎめい》に目がとまった。一輪車集団演技《いちりんしゃしゅうだんえんぎ》。集団《しゅうだん》という文字が、輝《かがや》いて見える。クラスメイトといっしょに練習しているところを想像《そうぞう》してみる。呼吸《こきゅう》をあわせ、手をつなぎ……頭がぼうっとするほど、幸せ。ああ、みんなと、この幸せ気分を共有《きょうゆう》したい。

碧《あおい》は席《せき》を立ち、エマにかけ寄《よ》った。

「エマ、一輪車集団演技《いちりんしゃしゅうだんえんぎ》、やろう」

「は？」

おどろくエマの手を両手でにぎって、くり返す。

「運動会で。絶対《ぜったい》、一輪車集団演技《いちりんしゃしゅうだんえんぎ》がいいよ」

エマは、にぎられた手をぬきながら、あやしむような表情《ひょうじょう》で聞いてくる。

「碧《あおい》ちゃん、運動会アンケート、提出《ていしゅつ》した？　とっくに期限《きげん》が過《す》ぎてるけど」

「あ、遅《おく》れてごめん。今、出す。でも遅《おく》れた分、気持ちは熱《あつ》いよ」

一輪車集団演技《いちりんしゃしゅうだんえんぎ》に二重丸をつけてから、エマに

アンケート用紙を渡《わた》した。

「だから提出期限《ていしゅつきげん》は過《す》ぎたってば。もう運動会の競技《きょうぎ》も決まったし」

「一輪車集団演技《いちりんしゃしゅうだんえんぎ》はある？」

「ある」

「やった！」

あきれ顔のエマにも、ポカンとした表情《ひょうじょう》でこちらを見ているクラスメイトたちにも、碧《あおい》は笑《わら》いかけた。

「みんなで、朝練、しようね！」

「みんないっしょ」は幸せだってことに、どうして今まで気がつかなかったんだろう。もう〈すりぬけ仮面《かめん》〉なんていらない。碧《あおい》はお面をはずした。

そのとき、強い視線《しせん》を感じた。視線《しせん》のもとをさがして、きょろきょろしたら、廊下《ろうか》側《がわ》の窓《まど》から妖乃先生《あやのせんせい》が手まねきしている。ちょうどいい、お面を返そう。

お面を持って教室を出たら、妖乃先生《あやのせんせい》の黒くて大きなひとみが、碧《あおい》の目をのぞきこんできた。

「まあ……。養護教諭《ようごきょうゆ》二年目のわたくしにも気配をさとらせず、ひっそりと脳《のう》に侵入《しんにゅう》するなんて、さすがは古代生物。わたくし、寄生《きせい》された者が身近にいたものの、あやつられてはいないようなので、油断《ゆだん》しておりました」

は？

「わたくしゅ、ネバネバしゃまにたのまれたのでしゅ。『人はちがいがあるから争《あらそ》う。みな同じになれば争《あらそ》いはなくなる。そのために人の子に、ネバネバタッチを』と。人のあらしょいがなくなるのは、植物にとって悪いことではありましぇん」

わけのわからないひとりごとをいって、頭をふっている。

やだ、こわい。碧《あおい》は妖乃《あやの》先生《せんせい》から身を引きつつ、お面を差《さ》しだした。

「これ、返します」

妖乃《あやの》先生《せんせい》は受けとり、

「わたくし、碧《あおい》さんをもとにもどす方法《ほうほう》を見つけますことよ。心配いりませんわ」

まだ、わけのわからない話を続《つづ》けようとする。

そのとき、廊下《ろうか》の向こうはしに担任《たんにん》の先生が見えた。いつのまにか朝読書の時間も終わって、授業《じゅぎょう》の始まる時間だ。

「とはいうものの、情報《じょうほう》が少なすぎますわ。いいえ、なんとかいたしますことよ」

「わたくしゅ、人間のように脳《のう》をのっとられることはありましぇんから、わたくしゅの中にいるネバネバしゃまに、いろいろ聞いてみましゅ。返事がくるかどうかは、わかりましぇん」

妖乃《あやの》先生《ぜんせい》はわけのわからないひとりごとを続《つづ》けながら、立ち去った。

へんなの。

それより、一輪車集団演技《いちりんしゃしゅうだんえんぎ》の朝練の予定を具体的《ぐたいてき》に立てよう。あしたの朝からでも始めたい。

あたしなんて

四年三組　山下《やました》和《わ》音《のん》

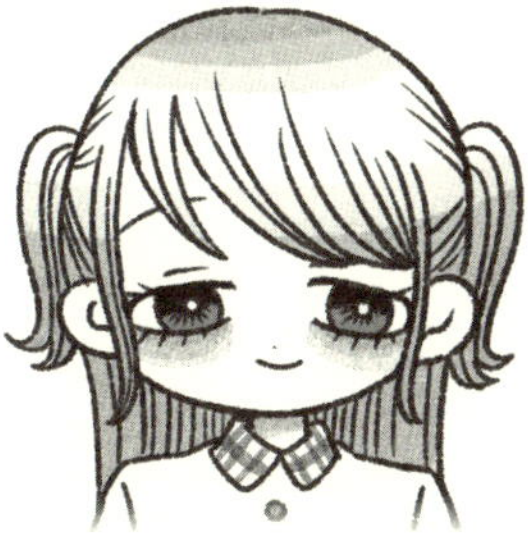

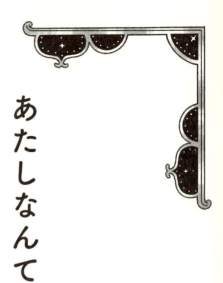

いとこの山下碧《やましたあおい》ちゃんは、和音《わのん》のあこがれだ。

碧《あおい》ちゃんはイヤなことはイヤとはっきりいう。自分の希望《きぼう》を堂々《どうどう》と口にする。どちらも和音《わのん》にはできないことだ。

たとえばしんせきが集まった日、いとこみんなでホラー映画《えいが》を観《み》に行こうって話になった。和音《わのん》はホラーなんて絶対《ぜったい》イヤで泣《な》きたい気持ちだったにもかかわらず、みんなが盛《も》りあがっているから口に出せなかった。碧《あおい》ちゃんが「あたしは、行かない。ホラー映画《えいが》きらいだから」といってくれたおかげで、コメディー映画《えいが》に変更《へんこう》されたんだ。

みんなで外食するときだって、和音《わのん》は自分ひとりだけちがうメニューをたのめない。だれかが見ているメニューを横からのぞきこんで、だれかと同じメニューを「あたしも」ってたのむ。どんなに食べたくても、だれもたのんでいないものを注文することができない。碧《あおい》ちゃんはメニューを手に取り、ほかの人がたのむかどうかなんて気にもせず、いつだって自分が食べたいものを「これ」と指さす。

碧《あおい》ちゃんは、かっこいい。碧《あおい》ちゃんみたいになれたらいいのに……。なれっこない。あたしなんて。

日差《ひざ》しがまぶしくなった五月のなかば。

碧《あおい》ちゃんが、朝の校庭で、クラスメイトと一輪車演技《いちりんしゃえんぎ》の練習をしている。二週間後の運動会で披露《ひろう》する集団演技《しゅうだんえんぎ》の朝練だ。いったい何時から練習しているのか、汗《あせ》をふいている。

今まで学校行事の朝練には「強制参加反対《きょうせいさんかはんたい》」と絶対《ぜったい》行かなかった碧《あおい》ちゃんが参加《さんか》しているだけでもびっくりなのに、楽しそうな笑顔《えがお》だ。まるで別《べつ》の人みたい。

和音《わのん》は登校してきたところだ。校門から校舎《こうしゃ》へ行く途中《とちゅう》で校庭の碧《あおい》ちゃんに気づいて足を止め、ランドセルを背負《せお》ったまま、碧《あおい》ちゃんを見ている。

碧《あおい》ちゃん、やっぱり、へんだ。

数日前、いとこどうしのグループチャットで、おじいちゃんの誕生日会《たんじょうびかい》の相談をしたときも、へんだった。高校生のいとこの「当日、みんなでケーキをつくってあげよう」って提案《ていあん》に、いつもはろくにチャットに参加《さんか》しない碧《あおい》ちゃんがすぐに「いいね」のスタンプを返した。誕生日会《たんじょうびかい》におそろいのT《ティー》シャツを着ることにも「すてき」って賛成《さんせい》した。ケーキづくりの練習に集まろうって提案《ていあん》にも「楽しみ」って。

いとこたちも意外だったのだろう、「碧《あおい》がいっしょにやりたがるなんてめずらしいね」ってメッセージが出た。すぐに碧《あおい》ちゃんの返事が書きこまれた。「いっしょがしあわせ」。

だれかが碧《あおい》ちゃんになりすまして書いているんじゃないかと、疑《うたが》った。

朝練を終えた碧《あおい》ちゃんがクラスメイトと手をつないで、校舎《こうしゃ》へもどっていく。その笑顔《えがお》に、ゾクリとした。あれは、だれ？

そのあと校舎《こうしゃ》に入っても授業《じゅぎょう》が始まっても、ゾクリとした感じをふりはらうことができなかった。なにか、碧《あおい》ちゃんによくないことが起きている気がする。

だから休み時間に、碧《あおい》ちゃんの担任《たんにん》の先生と廊下《ろうか》ですれちがったときに、つい、声が出てしまった。

「あの……」

「どうしたの？　山下《やました》さん」

六年二組の担任《たんにん》だけれど、「外国語活動」の授業《じゅぎょう》の先生でもあるから、四年生の和《わ》音《のん》も教わっている。ほかの先生よりは話しやすい。とはいえ、和音《わのん》が自分から先生に話しかけることなんてほとんどないし、こんなことを相談するのはドキドキする。勇《ゆう》気《き》をふりしぼった。

「いとこの山下碧《やましたあおい》ちゃんが、へんなんです」

「どんなふうに？」

「いとこたちとのおそろいを喜《よろこ》んだり、『いっしょがしあわせ』っていったり、人といっしょにすることを楽しんでいたり」

「ああ、そうですね」

と、先生はにっこりうなずいた。

「碧《あおい》さんは、協調性《きょうちょうせい》を学んだんです。いい変化《へんか》だと思いますよ」

ちがう、と思う。でも、あのゾクリとした感じをどう伝《つた》えていいか、わからない。

先生は行ってしまった。

こんなとき碧《あおい》ちゃんなら、先生を引きとめて伝《つた》えたいことをきちんと伝《つた》えるだろう。

でも和音《わのん》には無理《むり》。碧《あおい》ちゃんみたいになりたいと思いながら……思うだけ。

うなだれ、ため息をついたとき。

「ほけんしゅつへ……」

小さな声だった。だれ？　きょろきょろしても、それらしい人はいない。和《わ》音《のん》の頭の中の声？

そういえば、今年《ことし》、保健室《ほけんしつ》の先生が変《か》わったんだった。保健室《ほけんしつ》だよりに「困《こま》ったときは保健室《ほけんしつ》、お悩《なや》みのときも保健室《ほけんしつ》」って書いてあったけれど、和《わ》音《のん》が抱《かか》えている不《ふ》安《あん》も聞いてもらえるだろうか。うまく話せるだろうか。

迷《まよ》いながらも、保健室《ほけんしつ》の前まで来ていた。でもそこで足が止まる。

やっぱり、うまく話す自信《じしん》がない。和《わ》音《のん》なんかには無理《むり》。無理《むり》に決まっている。うつむいて、U《ユー》ターンしかけたとき。

シャロン。と、かわいい音を立てて、保健室《ほけんしつ》の戸が開いた。

「おいでなさいまし。四年三組、山下和音《やましたわのん》さん」

白衣《はくい》の人がニコニコしている。

部屋の中から、さわやかな香《かお》りがただよってきた。

窓辺《まどべ》でカーテンみたいに茂《しげ》っている葉っぱが、ゆれている。手まねきするみたいに。足がふわっと軽くなって、中へ入っていた。

「おすわりなさいまし。お茶の時間にいたしましょう」

先生がいれてくれたハーブティーは窓辺《まどべ》の葉と同じさわやかな香《かお》り。こくりと飲んで、はぁーっと吐《は》いた和音《わのん》の息もさわやかになる。

「和音《わのん》さん、心配ごとがおありですのね」

和音《わのん》はうなずく。

「お友だちとのことですかしら？」

碧《あおい》ちゃんは友だちじゃなくていとこだから「ううん」かな。でも、友だちみたいないとこでもあるから「うん」？

迷《まよ》って首をかしげたら、先生も首をかしげた。向きあって首をかしげあっているのがおかしくなって、ふっと笑《わら》ったら、言葉が出た。

「いとこの碧《あおい》ちゃんがへんなの」

黒く大きなひとみが、ぐっと近づいた。

「六年二組の山下碧《やましたあおい》さんのことですわね」

今度は迷《まよ》わず、うなずいた。

低《ひく》くかすれた声が、ささやく。

「お話しくださいまし。和音《わのん》さんが気づいたことを。小さなことでも大切ですわ。最《さい》初《しょ》にへんだと思ったのはいつでしたの？」

「先週、えっと、木曜の夜、いとこどうしのグループチャットがあってね……」

ぽつりぽつりと、話した。どう説明《せつめい》していいかわからなくなったら、ハーブティーを飲んだ。そしたらまた言葉が出てきた。途中《とちゅう》で、妖乃先生《あやのせんせい》がハーブティーのおかわりをいれてくれた。そのおかわりも、空になった。

碧《あおい》ちゃんは、自分の意見をちゃんと口に出した。それがまわりとちがっていても。まわりとちがうせいでひとりになっても、自分の考えで行動した。和音《わのん》みたいに、思ってもいないのにまわりにあわせるなんて、しなかった。

「みんなといっしょ」をきらっていた。

碧《あおい》ちゃんは変《か》わった。その変《か》わり方《かた》が、和音《わのん》には気持ち悪い。

「碧《あおい》ちゃんが、碧《あおい》ちゃんでなくなっていく感じなの」

妖乃《あやの》先生《せんせい》は、大きな目をさらに開いて、いった。

「和音《わのん》さん、するどいですわ。碧《あおい》さんは『古代生物ネバネバ』に寄生《きせい》されていますの」

ネバネバ？　寄生《きせい》？　ぜんぜんわからない。

「なにしろ古代生物ですから情報《じょうほう》が少なくて、ただ今、観察中《かんさつちゅう》……いえ、碧《あおい》さんを見守っておりましてよ。和音《わのん》さんが気づき、話してくださったおかげで、またひとつわかりました。あれは、脳《のう》に寄生《きせい》し、脳《のう》に作用して、『みんないっしょ』の行動をしたときに、幸せホルモンを放出させているのです。それで、あの笑顔《えがお》なのですわ」

脳《のう》？　碧《あおい》ちゃんの脳《のう》に？

ネバネバもホルモンも、和音《わのん》なんかには理解《りかい》できない。でも、そんなことはどうでもいい。大事なのは……。

「碧《あおい》ちゃんを助けて。碧《あおい》ちゃんをもとにもどして」

「ええ、もちろんですわ。『みんないっしょ』で子どもたちの個性《こせい》が失《うしな》われるなんて、もったいないですもの。コレクションの楽しみもなくなります。あら、今のは気になさらず。そうそう、世界一の薬草師《やくそうし》にも相談いたしましてよ。ですから、安心してお待ちくださいまし」

ほっとして、体中の力がぬけた。

「それはそうと、和音《わのん》さん」

よばれて顔をあげたら、妖乃先生《あやのせんせい》のまつ毛が、和音《わのん》のまつ毛とふれそうなほど、間近にあった。黒くて大きくて深いひしみにのみこまれそうで、ドキドキする。

「和音《わのん》さんの口ぐせに、よくないものがございます」

口ぐせなんて、あったっけ？

「『あたしには無理《むり》』、『あたしにはできない』、『あたしなんて……』、自己否定《じこひてい》が多すぎましてよ」

「だってほんとに、あたしなんて……」

口ぐせじゃなくて事実だもん。妖乃先生《あやのせんせい》から目をそらし、うつむく。

「その言葉は、自分への呪《のろ》い。自分で自分にくり返す呪《のろ》い。和音《わのん》さんに必要《ひつよう》なのは、呪《のろ》いよけアイテムです」

そこまでいって、妖乃《あやの》先生《せんせい》の声が急に明るくなった。

「そして、ここにぴったりなものが。おしゃれでかわいい呪《のろ》いよけ、妖乃《あやの》特製《とくせい》アイテム〈ことのはチョーカー〉でしてよ。うふ」

うれしそうな笑《わら》い声《ごえ》に顔をあげたら、妖乃《あやの》先生《せんせい》が両手で黒いレースリボンのようなものをぶらさげてニコニコしていた。葉っぱの形がたくさん並《なら》ぶレースもようだ。

「わぁ。すてき」

碧《あおい》ちゃんの心配をしていたはずなのに、胸《むね》がときめいた。つけてみたいな。でも和音《のん》なんかに似合《にあ》うはずがない。

「とある王室専属《せんぞく》のレース編《あ》み職人《しょくにん》から教わった、特別《とくべつ》なレース編《あ》みですの。詩人の言の葉を編《あ》みこんでありますの。首につければ、呪《のろ》いの言葉が、はげます言葉や温かな言葉に変換《へんかん》されます。変換《へんかん》された言葉を決して否定《ひてい》しないのが、うまくやっていくコツでしてよ。言葉を否定《ひてい》されると気を悪くして、口撃《こうげき》モードになりますから。さ、つけてあげましょう」

鏡《かがみ》の前でつけてくれた。首の後ろで結《むす》ぶタイプだ。

「とってもお似合《にあ》い」

和音《わのん》もそう思う。でも、学校でこんなおしゃれをしたらしかられる。

妖乃先生《あやのせんせい》は、鏡《かがみ》の中の和音《わのん》の表情《ひょうじょう》を読みとったらしい。

「保健室《ほけんしつ》でお渡《わた》ししたものですから、だれもしかりません。うふ、おしゃれなコレクションができそうですわ。保健室《ほけんしつ》にもどってくる帰巣機能《きそうきのう》もあって、完《かん》ぺき」

ニンマリしたかと思ったら、真顔にもどった。

「それからもうひとつ。こちらはアイテムではありませんが、ネバネバ侵入防止《しんにゅうぼうし》のビニール手ぶくろもおつけください」

「侵入《しんにゅう》って……あたしも、碧《あおい》ちゃんみたいに、寄生《きせい》されるかもってこと?」

「ネバネバしゃまは人間にロックオンでしゅ。まずは、この学校の子どもからでしゅ」

どういうこと?

妖乃先生《あやのせんせい》は、頭をぶんっとふる。黒髪《くろかみ》がぶわっと広がる。

「碧《あおい》さんからうつされるかもしれません。おそらく、手から手へと。そして和音《わのん》さんがその手で目をこすったり、口をさわったりすると、体内に入りこみます。体のどこかに傷《きず》があったならその傷口《きずぐち》からも」

「どんなに小しゃなきじゅでも、入りましゅ」

先生はもう一度黒髪《くろかみ》をふる。ばさり。

「あら、和音《わのん》さん、そんなにおびえなくともだいじょうぶ。古代生物であるネバネバはビニールをきらいますし、通過《つうか》する方法《ほうほう》も知りませんから、その手ぶくろをしていればほぼふせげるはずですわ」

「ほぼってどのくらい？」と思ったものの聞くことはできなくて、ビニール手ぶくろをはめて、保健室《ほけんしつ》を出た。シャロン。

戸を閉《し》めたところで、おしゃれなチョーカーにビニール手ぶくろというかっこうが、はずかしく思えてきた。その場でグズグズしていたら、戸の向こうから声が聞こえてきた。

「いろいろわかってきたでしゅよ。この学校の子どもからなのでしゅ。大人《おとな》はあとまわしでしゅ」

保健室《ほけんしつ》には妖乃《あやの》先生《せんせい》しかいないはず。ひとりごと？　へんなしゃべり方で、わけのわからないことをいっている。へんなの。学校の先生らしくなくて……好《す》きかも。

そっと保健室《ほけんしつ》をはなれた。

教室にもどったら、午前の授業《じゅぎょう》が終わるところだった。担任《たんにん》の先生が廊下《ろうか》にいる和《わ》音《のん》に気づいて、戸を開けてくれる。

「山下《やました》さん、保健室《ほけんしつ》に行ってたのよね。もうだいじょうぶ？」

チョーカーのことも手ぶくろのことも、注意されなかった。

昼休みに、クラスメイトのなっちゃんとさやちゃんが、笑顔《えがお》で話しかけてくれた。

「チョーカー、すてき」

「和音《わのん》ちゃん、かわいいから、似合《にあ》う」

「そんな、あたしなんて……」というつもりが、

「そんなふうにいってくれるやさしい友だちがいて、あたし、幸せ」

と、いっていた。

なっちゃんとさやちゃんはもっとニコニコしたし、和音《わのん》自身も自分の口から出た言葉に、そのとおりだと思った。

そのあと、なっちゃんが、スケートボードの練習を始めたって話で盛《も》りあがった。

「すごいなぁ……あたしには絶対無理《ぜったいむり》」っていうつもりが、

「すごいなぁ、あたしもいつかやってみたいなぁ」

と、いって、それが自分の本心だって気づいた。

なっちゃんは、「挑戦《ちょうせん》と練習だよ」って、はげましてくれた。

和音《わのん》が、スポーツ万能《ばんのう》のなっちゃんと同じにできるはずがない。

自分の席《せき》にもどってから、

「あたし、運動苦手だし」

と、ぼそっとひとりごとをいったら、

「それがどうした？　どうってことない」

って、ひとりごとの続《つづ》きが口から出た。

なんだか、心が強くなったみたい。チョーカーをつけていたら、碧《あおい》ちゃんに少しでも近づけるかな。

下校の時間になっても、チョーカーとビニール手ぶくろを身につけたままだった。妖乃《あやの》先生《せんせい》にそうするようにいわれていたし、はずしなさいという人もへんだと笑《わら》う人もいなかったから。

昇降口《しょうこうぐち》でくつにはきかえたとき、声をかけられた。

「和音《わのん》、いっしょに帰ろう」

碧《あおい》ちゃんだった。たまに下校の時間があうと、こうやって声をかけてくれる。けさはちがう人みたいに見えた碧《あおい》ちゃんだけれど、今はいつもどおりでほっとする。

碧《あおい》ちゃんが、

「手をつなごう」

って、手を伸《の》ばしてきた。小さいころはいつも手をつないでもらっていたから、少しくすぐったい気持ちになりながらも、和音《わのん》も手を出した。

和音《わのん》の手をにぎりかけた碧《あおい》ちゃんがパッと手をはなし、足を止める。

「気持ち悪い。なんでそんなもの、してるの？」

ビニール手ぶくろのことだ。

「あ、これ、保健室《ほけんしつ》で渡《わた》されて……」

「あたしと手をつなぐのに、そんなものが必要《ひつよう》なの？」

「ちがうよ、これは保健室《ほけんしつ》の先生が……」

いいかけたところで、碧《あおい》ちゃんが和音《わのん》の耳もとに口を寄《よ》せてきた。

「ないしょだよ。あたし、ネバネバタッチができるようになった。でもだれにでもタッチするわけじゃない。大切なネバネバだもの。和音《わのん》に

最初《さいしょ》のタッチをしてあげる。そしたら、あたしと和音《わのん》はいっしょになれるんだよ」

意味がわからない。やっぱりいつもの碧《あおい》ちゃんじゃないかも。

「あたし、その手ぶくろ、きらいだな」

だけどきらいなものをきらいといい切る口調と強い視線《しせん》は、和音《わのん》があこがれてきた碧《あおい》ちゃんだ。

和音《わのん》は手ぶくろをはずし、ポケットに押《お》しこんだ。さからえる相手でもない。

「よくできました」

碧《あおい》ちゃんはそういって、和音《わのん》の手をにぎった。

碧《あおい》ちゃんの手は、ネバネバしていた。

大好《だいす》きな声がいう。

「いっしょがいちばん」

そうだね、碧《あおい》ちゃんといっしょになれるのなら……そう思ったのに、

「あたしは、あたしだよ」

と、いっていた。チョーカーの変換《へんかん》だ。

碧《あおい》ちゃんが、ムッと、和音《わのん》を見る。

「あ、ちがう、そんなこと思ってない。チョーカーが勝手に……」

首がひんやりした。と思ったら、激《はげ》しい言葉が和音《わのん》の口から飛《と》びだした。

「あたしはあたしっていったでしょ！　わからない？　あたしはあたしなの！　わかりなさい！」

やだ、チョーカーをはずさなきゃ。あわてて結《むす》び目《め》をほどく。チョーカーがするりと、和音《わのん》の首からはなれて、風に乗った。

黒いレースは、クロアゲハみたいに美しくあやしく、飛《と》んでいった。

二学期

ナイーブハート

三年三組　仲井《なかい》　倫《りん》

倫《りん》のきらいなことは、「反対意見をいわれること」、「失敗《しっぱい》すること」。

きらいっていうか……本当は、こわいんだ。

反対されるなら、なにもいいたくない。失敗《しっぱい》するなら、はじめからやらないほうがいい。

家では、だいたいのことは、五歳《さい》年上の双子《ふたご》のおねえちゃんたちが決める。倫《りん》が考えるより、ずっといい方法《ほうほう》を考えてくれる。うっかり倫《りん》がひとりでやって失敗《しっぱい》すると、「なんで勝手にやるの?」とか「ほらぁ、やっぱり失敗《しっぱい》した」とかっていわれる。そして倫《りん》は、ひとりでやっちゃったことをすごく後悔《こうかい》する。

学校ではおねえちゃんたちにたよれなくて、イヤな思いをすることも多かった。でも、テレビで「みんなでやればこわくない」っていっているのを聞いて、ひらめいた。みんなと同じにすればいいんだって。

それからは、学校も楽になった。なにかを選《えら》ぶときは、たくさんの人が選《えら》んでいるほうにする。もし失敗《しっぱい》しても、倫《りん》が目立って恥《はじ》をかくことはない。倫《りん》のせいじゃないからしかられることもない。失敗《しっぱい》のあとも、どうすればいいか、だれかが考えてくれる。みんながそれに賛成《さんせい》したなら、倫《りん》もそのとおりにするだけ。

「大事なのは協力《きょうりょく》しあうこと」だしね。

意見をいわなきゃいけないときは「みんなと同じです」とか「○○さんと同じです」っていう。そうすれば反対意見があったとしても気にならない。倫《りん》ひとりで、反対意見を受けるなんて、絶対無理《ぜったいむり》。

ママはそんな倫《りん》のことを「ナイーブ」っていう。心が繊細《せんさい》で傷《きず》つきやすい、ってことだって。

うん。失敗《しっぱい》したり、反対意見をいわれると、倫《りん》の心は傷《きず》ついてしまうんだ。


二学期が始まって数日後、担任《たんにん》の先生がいった。

「協力《きょうりょく》は大事だが、自分で考えることも大切だ」

今までいっていたことと、ちがう。

「先生、一学期は『大事なのは協力《きょうりょく》しあうこと』って、いってましたよね？」

と、発言したのは、学級委員の下田明見《しもだあけみ》さん。

先生は苦笑《にがわら》いしながら、いった。

「あー、やっぱり、つっこまれるよなー。うん、たしかに『協力《きょうりょく》しあうこと』も大事なんだが、でもその前に『自分で考える』ことをしてほしい。自分で考えず、みんながするから、って選《えら》ぶのは、協力《きょうりょく》とはちがう。『いっしょがいちばん』や『みんないっしょ』がいつも正しいとは限《かぎ》らない。と先生は思うんだ」

え？　でもそれって。

そう思ったのは倫《りん》だけじゃないようで、教室がざわめく。

ざわめきを代表するみたいに、また下田《しもだ》さんが手をあげた。

「五、六年生が、『いっしょがいちばん』とか『みんないっしょ』とか、よくいってます。それはまちがい、ってことですか」

そう、それ。下田《しもだ》さんはたよりになる。

「いや、そうじゃない。まちがっているわけじゃない。うーん、そのことを考えるためにも、まず、自分で考える、を、始めてみよう」

下田《しもだ》さんもほかの子たちも、もやっとした表情《ひょうじょう》だ。倫《りん》も、もやっとする。クラスメイトたちと、先生の意見がちがった場合には、どっちに賛成《さんせい》すればいいんだろう。

先生は、そんなみんなの顔を見まわして、いった。

「だからこれからは、『みんなと同じです』って答えるのはナシだ」

そんな！　ウソだよね？

ウソじゃなかった。先生は本当にそれを実行した。

たとえば学活の時間。班《はん》になって二学期の班目標《はんもくひょう》を決めているとき。倫《りん》が、

「みんなと同じ」

といったら、そばを通りかかった先生が、口をはさんだ。

「『みんなと同じ』って答えはナシだよ。自分で考えて」

倫《りん》は少し考え、別《べつ》の班《はん》のほうへ行った先生に聞こえないように、小さな声でいった。

「班長《はんちょう》さんに賛成《さんせい》です」

班長《はんちょう》の下田《しもだ》さんが、くすっと笑《わら》った。

国語の授業《じゅぎょう》では、先生が詩のプリントを配って、みんなで読んだ。そのあと、

「この詩を読んで、どう思いましたか」

って、ひとりずつ、あてられた。

「はい、次、仲井《なかい》さんはどう思う?」

そんなこと聞かれても困《こま》る。

「下田《しもだ》さんと同じです」

「だれかと同じっていうのもナシ。きみは、この詩を読んでどう思った?」

なんだか急に先生が意地悪になった気がする。下田《しもだ》さんはなんて答えてたっけ? 下田《しもだ》さんの答えはたいてい正解《せいかい》だし、もしまちがっていても下田《しもだ》さんといっしょならはずかしくない。

思い出して、まねをした。

「感動しました」

「どこに」

「最後《さいご》のとこ」

先生は、それ以上《いじょう》は聞いてこなかった。

倫《りん》はほっとしつつ、国語がきらいになった。

次の道徳《どうとく》の授業《じゅぎょう》では動画を見たあと、先生はいちばん最初《さいしょ》に倫《りん》に聞いた。

「仲井《なかい》さんなら、どうする？」

手さげカバンをふりまわしながら歩いていたら、よその家の前に並《なら》べてあった植木《うえき》鉢《ばち》にあたってしまった。植木《うえき》鉢《ばち》はたおれ、みぞに転げ落ちて割《わ》れた。だれも見ていない。この家のオジイサンはきびしい人だ。バレたら絶対《ぜったい》にしかられる。さて、きみならどうする？　という場面だ。

「えっと……あやまります」

それが正解《せいかい》だってことくらい、わかる。

「どうして？」と先生。

「植木《うえき》鉢《ばち》をこわしたのは、悪いこと……だから？」と倫《りん》。

先生は本当に意地悪になった。まだ質問《しつもん》を続《つづ》ける。

「しかられてもいい？　じっさいにそういうことが起きたと想像《そうぞう》してみて」

じっさいに起きたら……だれも見ていないなら、というか自分がやったとバレないなら、そのまま逃《に》げる。だれかに見られていたなら、あやまる。逃《に》げたら、もっとしかられるもん。でもわざとやったわけじゃない。人が歩く道ばたに植木鉢《うえきばち》を置《お》いていたオジイサンが悪いんだ。

だけど、それは道徳《どうとく》の授業《じゅぎょう》の正解《せいかい》じゃない。このまま答えたら、それはまちがい、っていわれるのはたしかだ。じゃあ、どう答えればいい？　わからない。

「きみの心がどう感じたか、きみの言葉で話してごらん」と、先生はしつこい。

クラス中が、倫《りん》を見ている気がする。

「……わかりません」

「うーん、じゃあ、もう少し考えてみようか。すわっていいよ」

またあとであてられるんだろうかと心配しながら、ほかの子の「答え」を聞いた。いちばん多い答えをおぼえておこう。

倫《りん》がもう一度あてられる前にチャイムが鳴った。

道徳《どうとく》の授業《じゅぎょう》もきらいになった。

次の日も国語の授業《じゅぎょう》があった。きらいなのに。

「『自分らしさ』を考えて、作文に書こう」

と、先生が原稿用紙《げんこうようし》を配る。

「そうやって考えることが、その人らしさ、つまり個性《こせい》につながっていくと思うんだ」

倫《りん》は、原稿用紙《げんこうようし》に名前を書いた。作文の題を『自分らしさ』と書いた。あとは、えんぴつが動かない。どう書けば正解《せいかい》なんだろう。

「作文でも、詩の形でもいい。自分らしく、自由に書いてみよう」

だったら、下田《しもだ》さんと同じに書きたい。それか、みんなと同じに。でもそういう自由はだめなんだ。ちっとも自由じゃない。

「『ほかの人とちがうところ』が、『自分らしさ』のヒントになるかもしれないな」

倫《りん》は、ほかの人といっしょがいいんだもん。

今日《きょう》は机《つくえ》の並《なら》びが班《はん》になっていない。下田《しもだ》さんの席《せき》はななめ前だ。下田《しもだ》さんはサラサラと書いているみたい。なんて書いているんだろう。ちょっとだけでも見せてくれないかなぁ。

先生が横を通《とお》り過《す》ぎながら、いう。

「思ったままを書いてごらん」

国語なんて大きらい……って書いていい？　詩も作文も、大、大、大きらい。そんなふうに書いたら、きっとしかられる。別《べつ》のことを書かなくちゃ。でも必死《ひっし》でなにか書いて今を乗り切っても、書いたものを教室の後ろの壁《かべ》にはられちゃうかも。みんなに読まれて、悪口をいわれたり、笑《わら》われたりするかも。だったら、なにも書かないで先生にしかられるほうがマシ？　でもしかられるのもイヤだ。

胸《むね》と背《せ》中《なか》の両側《りょうがわ》から押《お》されているみたいに息苦しくなって、倫《りん》は机《つくえ》に突《つ》っ伏《ぷ》した。

「ん？　仲井《なかい》さん、どうした？」

先生の声に、目を閉《と》じたまま小さな声で答える。

「……気分、悪い……」

倫《りん》のひたいに、先生の手がふれる。

「熱《ねつ》はないようだが……」

先生が、ため息をついたような気がする。

ますます気分が悪くなって、倫《りん》はうめくように大きく息を吐《は》いた。

「保健室《ほけんしつ》へ行くか?」

小さくうなずいて、ゆっくり立ちあがった。うつむいて、歩きだす。先生にいわれて、保健委員《ほけんいいん》の岡《おか》さんがいっしょに教室を出た。

「だいじょうぶ?」と聞かれ、首を横にふる。

本当は教室を出たら少し楽になったんだけど、うつむいたまま歩いた。

シャロン。

保健室《ほけんしつ》の戸が、ぬくもりのある音とともに、開く。

あ。いい匂《にお》い。思わず深呼吸《しんこきゅう》する。気分の悪さが薄《うす》れていく。

「三年三組、仲井倫《なかいりん》さん、おいでなさいまし。保健委員《ほけんいいん》の岡《おか》いずみさん、おつかれさま。あとはお引き受けいたしますわ」

岡《おか》さんが去ると、黒く大きなひとみが、倫《りん》の目をのぞきこんできた。

「まあ、心がぺしゃんこですことよ」

そう、倫《りん》の心は、今、ぺしゃんこなんだ。

「そういうときは、君守草《きみもりそう》のハーブティーが効《き》きましてよ。いすでもベッドでも、お好《す》きな場所に休んでお待ちくださいまし」

キミモリソウってなんだろう。と思ったら、窓辺《まどべ》に茂《しげ》る葉っぱがさわさわゆれた。ベッドにすわって葉っぱを見ていたら、妖乃先生《あやのせんせい》がカップを手にもどってきた。

「うふ、あの窓辺《まどべ》の植物が君守草《きみもりそう》でしてよ」

ハーブティーを飲んだら、押《お》しつぶされちぢこまっていた胸《むね》にすーっとした匂《にお》いが広がって、心がふわっとふくらんだ。

「妖乃先生《あやのせんせい》はぼくの味方、だよね？」

「もちろんですわ。ですから安心して、お話しくださいまし。どんなお話をしても、わたくししかりません。担任《たんにん》の先生につげぐちもいたしません。なにが、倫《りん》さんの心をぺしゃんこにしましたの？」

ママに話すみたいに、言葉があふれ出た。

「担任《たんにん》の先生がね、一学期は『大事なのは協力《きょうりょく》しあうこと』っていってたのに、二学期になったら『自分で考えよう』って変《か》えたの。『みんなと同じ』はナシだって。ぼくが『みんなと同じ』っていったら、意地悪になって『きみはどう思う』って何度も聞いてきた。それで気分が悪くなったの」

「それは大変《たいへん》でしたわね。ただ、担任《たんにん》の林《はやし》先生が意地悪になったわけではありませんから、そこはご安心なさいまし。林《はやし》先生は、高学年のいきすぎた協調性《きょうちょうせい》に危機感《ききかん》をおぼえたのです。催眠《さいみん》にかかりにくい体質《たいしつ》のようですわね」

妖乃《あやの》先生《せんせい》の話はよくわからないけれど、林《はやし》先生は意地悪ではないらしい。

「でも意地悪じゃなくても、またあんなふうにされたら、またぺしゃんこになっちゃう。ぼく、ナイーブなんだ」

うつむいて、小さな声でつけ足す。

「教室にいるのが、イヤになっちゃった」

「ずっと保健室《ほけんしつ》で過《す》ごしてもよろしくてよ」

「ネバネバタッチしゅてもよろしゅくてよ」

ネバネバタッチってなに?と聞き返そうとしたら、妖乃《あやの》先生《せんせい》はぶんっと、髪《かみ》を大きくふった。ばさりと逆立《さかだ》つ黒髪《くろかみ》から、黒くて小さいものが飛《と》びだしたような……。

「あら、お気になさらず。それより、ナイーブで傷《きず》つきやすい倫《りん》さんにぴったりなアイテムを思いつきましたわ」

「アイテム？」

「心が逃《に》げこめる場所、〈ハートシェルター〉を、おつくりしましょう。外からの攻《こう》撃《げき》がとどかず、笑《わら》われてもしかられても反対意見をいわれても傷《きず》つくことのない場所でしてよ」

「地下室みたいなところ？　ひとりぼっちはイヤだ」

「とても居《い》心地《ごこち》よくて、心をゆるせるお友だちのいる場所にいたしましてよ。倫《りん》さんの好《す》きな絵本やお話の登場人物に来てもらうのは、いかがかしら」

「クマさんがいい。のんびり屋でやさしいクマさん。森の木の中に家があるんだ」

「あら、そのクマさん、わたくしも知っていましてよ。クマさんのおうちならシェルターにぴったり、材料《ざいりょう》もばっちりですわ。わたくし、昔、イギリスの森でくらしていたことがございますの。森の植物と仲良《なかよ》しで、お別《わか》れのときには、樹々《きぎ》や草花が、樹《じゅ》皮《ひ》や葉を記念《きねん》にくださいました。世界一の薬草師《やくそうし》に教わって標本《ひょうほん》にし、今も大切に保《ほ》存《ぞん》してありましてよ」

妖乃《あやの》先生《せんせい》は棚《たな》から箱を取りだし、机《つくえ》に置《お》いた。箱のふたをそっと開ける。

「うふ、標本《ひょうほん》といっしょに森の空気も保存《ほぞん》しておりましてよ」

「いい匂《にお》いでしゅ、いい森でしゅ」

へんなひとりごとをいってる。

ベッドにいる倫《りん》のところにも、森の匂《にお》いがとどいた。ちょっとあまいのは、クマさんの大好《だいす》きなハチミツが混《ま》じっているからかな。

「わたくし、豆本やミニチュアハウスづくりに凝《こ》ったこともございます。時間はたっぷりありましたから、なかなかの腕前《うでまえ》になりましてよ」

ひきだしから定規《じょうぎ》やカッターナイフやピンセットやノリ、いろんな色の紙も取りだして机《つくえ》に並《なら》べている。ウキウキと楽しそうだ。

「うふ、腕《うで》が鳴りますわ。倫《りん》さん、ここで新アイテム完成《かんせい》を、お待ちになります？

それとも教室にもどります？」

もどりたくない。

「ここで待ってもいい？」

「もちろんですわ。ご期待くださいよし」

そういうと、妖乃先生《あやのせんせい》は机《つくえ》の前にすわり、作業を始めた。

「クマさんの森にはいろんなコがいました。だから、楽しいのですわ。みんなが同じ笑顔《えがお》で同じ行動をしていたら、おもしろくありません」

「みんな同じはおもしゅろくないと、ネバネバタッチをしゅたからわかったのでしゅ。なにごとも経験《けいけん》でしゅね。わかったといえば、なぜ子どもばかりをねらうのか、やっとわかったでしゅよ。子どものほうが、優秀《ゆうしゅう》なよい『ポコリ』になるからでしゅ。よい『ポコリ』になって、よい胞子《ほうし》を飛《と》ばしゅて、それをしゅった人間をネバネバ化し、またひとつになって『ポコリ』になって、と、くり返しゅて……それがネバネバしゃまの『みな同じになって争《あらそ》いがなくなる』方法《ほうほう》でしゅ」

倫《りん》に話しかけているわけじゃない。妖乃先生《あやのせんせい》はひとりごとをいうくせがあるみたいで、作業中、ぼそぼそとつぶやき続《つづ》けている。

ネバネバやポコリってなんだろう……妖乃先生《あやのせんせい》のひとりごとを聞きながら、倫《りん》は眠《ねむ》ってしまった。

「倫《りん》さん、新アイテムお試《ため》しタイムでしてよ」

よばれてまぶたを開けたら、妖乃《あやの》先生《せんせい》の顔が間近にあった。一気に目が覚《さ》めた。

「うふ。給食《きゅうしょく》も忘《わす》れて、集中してしまいました。最高《さいこう》のアイテムができましてよ。手を出してくださいまし」

倫《りん》が出した手のひらに、緑色の表紙の本がのせられた。倫《りん》の手のひらより小さい。

「妖乃《あやの》特製《とくせい》アイテム〈豆本ハートシェルター〉ですわ」

小さいのに、ちゃんと本の形をしている。

「開いてごらんなさいまし」

開いたら、森の匂《にお》いに包《つつ》まれた。森の大木が見えた。太い幹《みき》の根もとのほうに、ド

アがある。ドアの前に、クマさんがすわっている！

そこで、本が閉《と》じられた。

「うふ、完《かん》ぺきですわ」

「どうして、閉《と》じちゃうの⁉」

妖乃《あやの》先生《せんせい》は、豆本を白衣《はくい》のポケットに入れる。

「わたくしも倫《りん》さんも、おなかがペコペコだからです。まずは給食《きゅうしょく》をいただきましょう」

机《つくえ》の上に二人分の給食《きゅうしょく》がセットされているのに気づくと同時に、倫《りん》のおなかが鳴った。壁《かべ》の時計を見たら、五時間目の授業《じゅぎょう》の真ん中くらいの時間だった。

「給食《きゅうしょく》をすませたら、倫《りん》さんにお渡《わた》しいたします。長期貸《か》し出《だ》しでしてよ」

貸《か》し出《だ》し？　もらえるんじゃないのかぁ。さっき少し開いてみただけで、とってもほしくなっていた。でも長期ってことは、ずっとってことだよね。ずっとずっとかもしれない。

給食《きゅうしょく》を食べながら、ふと思い出して聞いた。

「ポコリってなに？」

「まぁご存《ぞん》じですの？」

「妖乃《あやの》先生《せんせい》がアイテムをつくりながら、いってた」

「あら、そうでした？　『ポコリ』というものを、わたくし、見たことがございませんが、大きくてまん丸、らしいですわ」

「どのくらい大きいの？」

「校庭いっぱいの球体になりましゅ」

妖乃《あやの》先生《せんせい》は自分の頭をたたいて、立ちあがった。

「食後のお茶をいれましょう」

ハーブティーを飲みながら、アイテムの使い方を説明《せつめい》してくれた。

「豆本を開くと、倫《りん》さんの心がシェルターの中にひなんします。シェルターの中にいる心はだれにも傷《きず》つけられません。そこに倫《りん》さんの心があることも、ほかの人にはわかりません。心がひなんしているあいだは頭と体が、がんばってくれます。どういう感情《かんじょう》が起こるかを今までのパターンから推測《すいそく》し、過去《かこ》の会話や体の動きを再現《さいげん》してくれるはずですわ。たまに、その選択《せんたく》をまちがうこともあるかもしれませんが」

「まちがうのは、だめ」

「そうおっしゃるだろうと思って、安全機能《あんぜんきのう》をつけましてよ。少しでも心配なときや、もどったほうがいいとシェルターが判断《はんだん》したときは、心を体へともどします。合図は『バイバイ』です。倫《りん》さんが体にもどりたいと思ったときも『バイバイ』といえば、もどれます。うふ、完《かん》ぺきですわ。お首にかけて使えるよう、君守草《きみもりそう》のツルでペンダント型《がた》にいたしましょう。倫《りん》さんは心をどのへんに感じます？」

倫《りん》が手をあてた胸《むね》の位置《いち》に豆本がくるよう、ツルの長さを調整し、首にかけてくれた。

「それから、こちらも、いたしましょう」

先生は、白衣《はくい》のポケットからスプレー容器《ようき》を出した。

「あ、それ、くさいってうわさの？」

校門でそのスプレーを持った妖乃《あやの》先生《せんせい》を六年生が取りかこみ、「くさいからやめて」とうったえているのを何度か見た。

「そのうわさは、感染対策《かんせんたいさく》を妨害《ぼうがい》するためのウソですわ。これは、液体《えきたい》ばんそうこうと、ふきかけたところが布《ぬの》になるというスプレードレスからヒントを得《え》てつくった、感染防止《かんせんぼうし》アイテム〈スプレー手ぶくろ〉でしてよ。夏休み中に開発しましたの。校門でみなさんの手にふきかけようとするとじゃまされ、校舎《こうしゃ》の入り口や廊下《ろうか》に設置《せっち》すればすぐに捨《す》てられてしまうという、すぐれもの。ええ、すぐれているからこそ、妨害《ぼうがい》されるのですわ。さあ倫《りん》さん、両手を出してくださいまし」

黒く大きな目にせまられ、そっと両手を出した。

その手に、先生がスプレーをふきかける。少しひんやりして、消毒薬《しょうどくやく》の匂《にお》いがするけ

れど、くさいってほどじゃない。

「一度ふきかけたら、四、五日もちましてよ。手を洗《あら》ってもとれません」

半透明《はんとうめい》ですべすべした膜《まく》が両手を包《つつ》んで、ぴったりはりついた手ぶくろになった。

「伸《の》びちぢみいたしますから、指も自由に動きますわよ」

動かしてみる。グーチョキパー。ほんとだ。

「感染防止能力《かんせんぼうしのうりょく》にふりきりましたから、ヘンゲするパワーはございませんけれど。しかたありませんわね」

つぶやくような言葉にかぶさって、五時間目終わりのチャイムが鳴り始めた。

教室にもどりたくないなぁ、と思う倫《りん》の目を、妖乃先生《あやのせんせい》がのぞきこんできた。

「〈豆本ハートシェルター〉の出番ですわよ」

ワクワクしている口調だ。

「ご本を開けてごらんなさいまし」

倫《りん》は豆本を開いた。

森の匂《にお》いが広がる……大木が見えた。幹《みき》にあるドアが開く。内側《うちがわ》から顔を出したクマさんが、手まねきしている。

うれしくなって足をふみ出したら――。


倫《りん》は、木の香《かお》りのする部屋にいた。

目の前に窓《まど》があって、窓《まど》の外から、大きな目がこっちをのぞきこんでいる。声も聞こえた。妖乃先生《あやのせんせい》の声だ。

「そのお部屋に行けるのは倫《りん》さんだけ。中をのぞけるのは、つくり手のわたくしだけ。窓《まど》のカーテンを閉《し》めれば外の物音もとどかず、シェルターの外を気にせず過《す》ごせます。お外のことは、倫《りん》さんの目や耳や頭や体にまかせておけばだいじょうぶ」

妖乃先生《あやのせんせい》の目が窓《まど》からはなれると、保健室《ほけんしつ》の戸が近づいた。

シャロン。

今度は廊下《ろうか》が見える。倫《りん》の体は教室へ向かっているようだ。

テレビを見ているみたいだ。だれかがカメラで撮《と》った画面。いつでも消せる映像《えいぞう》。

倫《りん》の体が教室に入ったところで、倫《りん》は窓《まど》のカーテンを閉《し》めた。教室でのことは、頭や体にまかせておこう。

部屋をふり返ったら、クマさんがテーブルにハチミツの壺《つぼ》を置《お》いたところだった。テーブルには、ふたつの壺《つぼ》がある。クマさんがそのひとつを、どうぞ、というふうに倫《りん》のほうへ押《お》しやってくれた。倫《りん》はいすにすわった。

「いただきまぁす」

クマさんのまねをして、指でハチミツをすくってなめた。クマさんといっしょにハチミツをなめているなんて、夢《ゆめ》みたい。

夢《ゆめ》みたいだからか、どのくらい時間がたったのか、わからなかった。

自分の体が教室にいることを忘《わす》れてハチミツにうっとりしていたら、クマさんが小さな

声で「バイバイ」といった。そして、クマさんもクマさんの家も森も消えた。

通学路に立っていた。倫《りん》の心は、倫《りん》の体にもどった。下校の途中《とちゅう》で、もうすぐ家だ。倫《りん》は豆本ペンダントをはずし、ランドセルのファスナーつきのポケットにしまった。おねえちゃんたちに見つかったら、貸《か》してって持っていかれそうだもん。

次の日の朝は教室へ行く前に保健室《ほけんしつ》に寄《よ》って、そこで豆本ペンダントをつけた。妖乃先生《あやのせんせい》は歓迎《かんげい》してくれた。

「いい考えですわ。これからも毎朝、そうなさいまし。わたくしも毎朝、倫《りん》さんとおしゃべりできてうれしいですし、アイテムのヘンゲも確認《かくにん》できますわ」

「ヘンゲってなに？」

「〈豆本ハートシェルター〉が倫《りん》さんの影響《えいきょう》を受けて、すてきになっていくことですわ」

この日も国語があった。倫《りん》は授業《じゅぎょう》が始まる前に豆本を開き、クマさんの部屋にひなんするとカーテンも閉《し》めた。イヤなことをいわれても心にとどくことはなかったし、体がちゃんと動いてくれたみたいで困《こま》ることもなかった。困《こま》る前にクマさんが「バイバイ」ってもどしてくれたし。心がクマさんの部屋の中にいる間に起こったことは、頭がちゃんと記憶《きおく》していた。

「豆本も、倫《りん》さんの体と頭も、とってもすぐれもの」

と、妖乃《あやの》先生《せんせい》はいった。倫《りん》もそう思う。

今日《きょう》の体育は、校庭で一輪車《いちりんしゃ》の初練習《はつれんしゅう》だ。運動会の六年生の一輪車演技《いちりんしゃえんぎ》は、すごくかっこよかった。倫《りん》もあんなふうにスイスイと乗りこなしたい。でも、できるかなぁ。転んだりするかも。みんなが上手《じょうず》に乗って、倫《りん》だけが乗れなかったらイヤだなぁ。

保健室《ほけんしつ》で渡《わた》されたものは体育の時間につけてもしかられないって妖乃《あやの》先生《せんせい》がいったから、倫《りん》は豆本ペンダントをつけ、クマさんの部屋に心をひなんさせた。

今、倫《りん》の心は、クマさんの部屋の窓《まど》から、体が一輪車《いちりんしゃ》の練習するところをながめている。体は、一輪車《いちりんしゃ》にまたがって、練習用の平行棒《へいこうぼう》を両手でにぎっている。

「がんばれ、がんばれ」

と、倫《りん》は、クマさんの部屋の窓辺《まどべ》から応援《おうえん》する。

「がんばってるね」

と、倫《りん》のとなりに立つクマさん。はじめは「バイバイ」しかいわなかったクマさんが、このごろおしゃべりするようになったんだ。妖乃《あやの》先生《せんせい》はヘンゲし始めたと喜《よろこ》んでいる。

倫《りん》の体はがんばっていたけれど、授業中《じゅぎょうちゅう》には一輪車《いちりんしゃ》に乗れるようにならなかった。

「あともう少しだよ」と、クマさん。

「うん、きっとそうだね」と、倫《りん》。

上手《じょうず》に乗れなくても失敗《しっぱい》しても、倫《りん》の心は傷《きず》つかない。だから、昼休みも一輪車《いちりんしゃ》の練習をすることにした。もちろん心は、シェルターにひなんして。

倫《りん》は体育の時間と同じようにクマさんの部屋の中から、倫《りん》の体が一輪車《いちりんしゃ》の練習するのを応援《おうえん》する。

「がんばれー」

平行棒《へいこうぼう》は順番待《じゅんばんま》ちの列ができているから、倫《りん》の体は少しはなれた鉄棒《てつぼう》につかまって練習している。鉄棒《てつぼう》だとうまくいかない。体育のときより、下手《へた》になったみたい。

カーテンを閉《し》めちゃおうかな、と思ったとき。窓《まど》の外で声がした。

「ひとりでがんばらなくてもいいんだよ」

「いっしょにやろう」

六年生が、左右から手を差《さ》しだしてくれている。

いっしょに、といわれたことがうれしくて、

「クマさん、バイバイ」

倫《りん》は、いそいそと体にもどった。

でも、六年生の手に自分の手をのせようとしたら、

「あ、待って。その手ぶくろ……くさい」

右側《みぎがわ》の六年生が顔をしかめる。左側《ひだりがわ》の六年生は泣《な》きそうな顔だ。

そういえば、スプレー手ぶくろをつけたままだ。倫《りん》にはわからないけれど、このふたりには苦手なにおいなのかな。

「手首のところからめくるようにすれば、はずれるんじゃないかな」

「やってみて。ね？」

いわれたとおり、手ぶくろの手首をめくって引っぱったら、つるりんと指先まではがれた。皮ふからはがれた膜《まく》は、蒸発《じょうはつ》するかのように消えた。

六年生はほっとしたように笑《わら》って、ふたたび両側《りょうがわ》から手を差《さ》しだしてくれた。

両側《りょうがわ》から補助《ほじょ》されて、倫《りん》は、一輪車《いちりんしゃ》をこぐ。上手《じょうず》に乗れた。

「ほらね、いっしょがいちばん」

「みんないっしょがいいよね」

六年生がニコニコと笑《わら》っている。

倫《りん》も笑顔《えがお》でうなずく。うん、みんないっしょがいい。

そのとき六年生の目が、倫《りん》の胸《むな》もとへと移動《いどう》した。

「それ、保健室《ほけんしつ》の匂《にお》いがする。妖乃《あやの》先生《せんせい》のアイテム？」

「うん。〈豆本ハートシェルター〉っていって、クマさんの部屋に行けるんだ」

「小さいね。ひとり用じゃない？」

「そうだと思う」

「きみはひとりがいいの？」

右側《みぎがわ》から差《さ》しだされていた手が、引っこめられた。

「わたしたちといっしょは、イヤ？」

左側《ひだりがわ》から差《さ》しだされていた手も、引っこめられる。

倫《りん》はあわてて一輪車《いちりんしゃ》から降《お》りる。ひとりじゃ乗れない。

六年生ふたりが、悲しそうな目で、倫《りん》を見る。

倫《りん》も悲しい。いっしょがいちばんといってくれる人に、見捨《みす》てられたくない。

いいことを思いついた。

「手をつないだら、三人いっしょに行けるかも」

倫《りん》が差《さ》しだした手を、ふたりがにぎる。倫《りん》の両手がふさがったから、六年生が豆本を開いてくれた。

森の匂《にお》いがした。いつもの森より暗い。クマさんの家の木も黒々として見える。木の幹《みき》にあるドアが開いてクマさんが出てき……え？　クマさんがぶるりと体をふるわせ、黒くて大きなクマに変身《へんしん》した。顔もこわい。

ぐおーっ。クマは口を大きく開け、牙《きば》をむきだしほえた。

六年生ふたりが、ささやく。

「クマが人をおそうこともあるんだよ」

「早く逃《に》げなきゃ」

がおっ。クマが突進《とっしん》してくる。倫《りん》はあわててさけんだ。

「バイバイッ」

森もクマも消え、三人は、校庭でそれぞれの体にもどっていた。

倫《りん》は今になって、妖乃《あやの》先生《せんせい》が「そのお部屋に行けるのは倫《りん》さんだけ」といっていたことを思い出した。三人で行ったからクマさんが怒《おこ》ったんだろうか。それにしたって、あんなに怒《おこ》らなくても。すごく、こわかった。

「そのペンダント、はずしたほうがいいんじゃない?」

「はずさないと、さっきの森に引きずりこまれるかも」

そういわれ、豆本ペンダントもこわくなって、はずした。残念《ざんねん》な気もしたけれど、六年生がにっこり笑《わら》って両側《りょうがわ》から手を差《さ》しだしてくれたから、ペンダントをそばの鉄《てつ》棒《ぼう》にかけ、六年生の手をとった。六年生も、にぎり返してくれる。

少しネバネバした六年生の手から倫《りん》の求《もと》めていたものが――「みんないっしょ」のぬくもりと安心感が――しみこんできた。

白狐《びゃっこ》の孤《こ》独《どく》

六年一組　北《きた》　静夜《せいや》

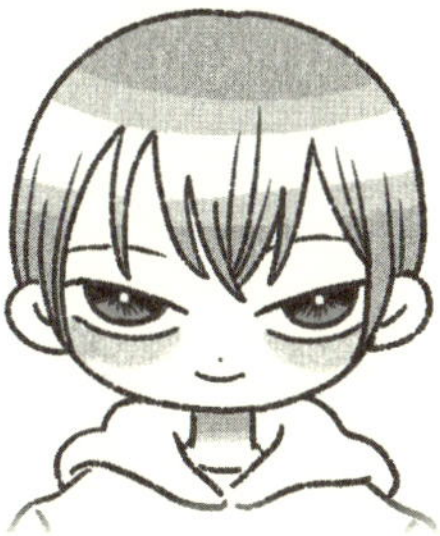

「六年生の二学期、しかも十月に転校なんて、すまんな」

そういった父親に、静夜《せいや》は、どうってことないさ、という顔をしてみせた。

「おかげで、修学旅行《しゅうがくりょこう》に二回行けて、ラッキー」

前の学校で五月に行き、今度の学校で十月末《まつ》に行く。

「このあと四、五年は転勤《てんきん》がないはずだ」

「それはグッドニュースだね」

引っこしも転校も慣《な》れている。

転勤《てんきん》の多い仕事をしている親のもとに生まれてきた。それは静夜《せいや》にはどうすることもできない、初期設定《しょきせってい》だ。静夜《せいや》はそれを受け入れ、そのなかでできるだけいい条件《じょうけん》で過《す》ごそうと、転校ノウハウをみがいてきた。

頭がよくてクールな静夜《せいや》くん。そのキャラで成功《せいこう》している。転校したてで遊ぶ相手のいない休日なんかは、ひまつぶしに家で教科書を読んだ。そしたら成績《せいせき》がよくなって、キャラづくりに役立った。転校するたびに教科書が変《か》わるからおもしろい。もちろん、教室で教科書を読みふけるなんてまねはしない。それはクールじゃない。

小学校卒業《そつぎょう》まであと半年、中学三年間は転校せずにすみそうだし、高校生になったら、ひとりで下宿もできる。今回が最後《さいご》の転校になりそうだ。

なら、今度こそ、長くつきあえる友だちができるかも。そういう友だちをつくりたい。

いや、期待しすぎはよくないな。クールでいよう。

そうしてむかえた転校初日《しょにち》。

早めに登校した校門前で、白衣《はくい》を着た女の人に声をかけられた。

「六年一組、北静夜《きたせいや》さん。わたくし、養護《ようご》教諭《きょうゆ》二年目の妖乃《あやの》先生《せんせい》でしてよ」

まだ名札《なふだ》をつけていないのに、学年・クラスとフルネームをさらっといわれた。低《ひく》く、かすれた声だ。

「本来なら保健室《ほけんしつ》でお待ちするのですけれど、特別《とくべつ》に、校門でのおむかえですわ」

なぜ、保健室《ほけんしつ》の先生におむかえされるんだろう？　朝のあいさつ運動とかの当番？

先生からの特別《とくべつ》あつかいは在校生《ざいこうせい》の反感を買うこともあるから、あまりありがたくない。かといって、失礼《しつれい》な態度《たいど》もよくないだろう。

「おはようございます」

と、頭を下げて通《とお》り過《す》ぎようとしたのに、先生はぐいぐいと近づいてきて、静夜《せいや》の目の前に立ちふさがった。

「これを手にぬってくださいまし。感染防止《かんせんぼうし》アイテム〈ジェル手ぶくろ〉でしてよ」

白衣《はくい》のポケットから小びんを出して、ふたを開け、静夜《せいや》につきつける。

「はぁ？」

「じゃまが来ないうちにお早く。さ、手を出してくださいまし」

妖乃先生《あやのせんせい》は指で小びんからジェルをすくいとると、それを静夜《せいや》の手にこすりつけた。う、わ、強引《ごういん》。

「手の全体に伸《の》ばしてくださいまし。手のひら、手の甲《こう》、指先も、爪《つめ》のきわも、手首も、ぬり残《のこ》しがないように」

わけがわからないまま、先生の気迫《きはく》に押《お》されて、手をすりあわせる。

「ヌメヌメするんですけど」

先生はもうひとすくい、静夜《せいや》の手にのせた。

「目には目を、ネバネバにはヌメヌメを。たっぷりしっかり、ぬってくださいまし。

タコがぬめりで体を守るように、静夜《せいや》さんの手を守ります。かわけば、ほらこのとおり」

先生が自分の指を広げて見せた。テカテカした透明《とうめい》な膜《まく》でおおわれている。

「水やせっけんでも洗《あら》い流《なが》せません。ただ、タコのぬめりをヒントにしたせいか、塩《しお》で落ちてしまいますの。手の塩洗《しおあら》いをすすめる人には気をゆるしませんように。すすめられたら『保健室《ほけんしつ》の妖乃先生《あやのせんせい》にぬってもらったから』とお断《ことわ》りくださいまし。本来なら保健室《ほけんしつ》でお渡《わた》しするものには、だれも口を出さないのですが、今は別《べつ》の力が強く働《はたら》いて、攻防中《こうぼうちゅう》ですの」

まるで話が見えない。だれが手の塩洗《しおあら》いなんてすすめるんだ？　別《べつ》の力とか攻防中《こうぼうちゅう》とか、なに？

「どういうことですか」

ジェルがもうかわいて、静夜《せいや》の両手がテカテカ光る。意外とベタつかない。

「くわしい話はのちほど。校内ではその手ぶくろをしたままでいてくださいまし」

先生が早口で話している途中《とちゅう》で、

「妖乃先生《あやのせんせい》、おはようございます」

登校してきたふたり連《づ》れが寄《よ》ってきた。

「おはようございまし。六年二組山下碧《やましたあおい》さん、四年三組山下和音《やましたわのん》さん」

先生はあいさつを返しながらも両手をポケットの中に入れ、くるりと背中《せなか》を向けて歩き去った。

ふたり連《づ》れは、静夜《せいや》のほうを向いた。姉妹だろうか、よく似《に》た笑顔《えがお》だ。丸顔でニコニコ、どこかの笑顔《えがお》シールみたい。そして手をつないでいる。

「感染防止《かんせんぼうし》なんて、いらないよ」

「いらないよねぇ」

ニコニコしながら、そういう。

「そのテカテカ、気持ち悪くない？」

「あたしだったら、気持ち悪いなぁ」

六年生のほうが小さな紙袋《かみぶくろ》を差《さ》しだした。お年

玉のポチ袋《ぶくろ》くらいの大きさだ。

「塩《しお》が入ってる。これでもみ洗《あら》いするといいよ」

「塩《しお》をこすりつけて、もむようにして洗《あら》うんだよ」

そっくりな笑顔《えがお》で、塩洗《しおあら》いをすすめてくる。ぞわっとした。ヤバい、と感じた。どうヤバいのかは、はっきりしないけれど。

「気にかけてくれて、ありがとう」

塩《しお》は受けとらず、相手が気を悪くしない程度《ていど》のクールさでそういってはなれ、職員《しょくいん》室《しつ》へと急いだ。

今まで何度も転校してきて、学校ごとにローカルルールがあることは理解《りかい》していたけれど、こんなにわけのわからないのは初《はじ》めてだ。

保健室《ほけんしつ》の先生と、あの姉妹のどちらを信用《しんよう》すればいいいんだ？

……ヤバいと感じた自分を信《しん》じよう。

職員室《しょくいんしつ》で担任《たんにん》の先生にあいさつをしながら、先生の手を見た。テカっていない。ほかの先生たちの手もそっと見まわした。どの手も、テカってはいない。

担任《たんにん》の先生といっしょに教室へ向かう途中《とちゅう》で、聞いてみた。

「さっき保健室《ほけんしつ》の先生が〈ジェル手ぶくろ〉？とか、してくれたんですけれど」

よくわかっていないから、クール静夜《せいや》らしくない要領《ようりょう》を得《え》ない質問《しつもん》になった。

「あー、保健室《ほけんしつ》の方針《ほうしん》かな」

担任《たんにん》の先生の返事も、要領《ようりょう》を得《え》ない。

「なぜ、手ぶくろが必要《ひつよう》なんですか？」

「感染予防《かんせんよぼう》だろう。手ぶくろをするかどうかは、個人《こじん》の判断《はんだん》にまかせるよ」

保健室《ほけんしつ》の先生はせっぱつまった感じだったけれど、担任《たんにん》の先生はまるで気にしていない。ちぐはぐさが、気持ち悪い。

「六年一組にようこそ。思いやりと協調性《きょうちょうせい》のあるクラスだから、すぐなじめるよ」

そういって戸を開けた先生のあとについて、教室に入った。新しいクラスメイトたちが、静夜《せいや》を見る。みんな笑顔《えがお》だ……校門で声をかけてきたふたり連《づ》れと同じ、丸顔で笑顔《えがお》シールのようなあの笑顔《えがお》が教室を埋《う》めている。

ぞわわっ、と鳥肌《とりはだ》が立った。

ヤバい。

あいかわらず理由はわからないけれど、ヤバいことだけはたしかだ。

でもヤバいと思っていることはさとられないほうがいい。よな？

「北静夜《きたせいや》です。よろしくお願《ねが》いします」

緊張《きんちょう》しすぎて、クールにいえたかどうか、わからない。

だれかが、いった。

「どうして、そんな手ぶくろしているんですか？」

クラスメイトたちが同時にうなずき、静夜《せいや》を見る。

転校して最初《さいしょ》に注目されるのが、この手ぶくろか。

静夜《せいや》は教室を見まわし、確認《かくにん》した。だれの手も、テカっていない。だれも手ぶくろをしていないってことか。

またたれかがいった。

「塩《しお》で、もみ洗《あら》いしたら、いいと思います」

クラスメイトがいっせいに、ポケットや机《つくえ》の中から封筒《ふうとう》やポチ袋《ぶくろ》を出して、静夜《せいや》に笑《わら》いかける。

――手の塩洗《しおあら》いをすすめる人には気をゆるしませんように。

妖乃先生《あやのせんせい》はそういっていた。

今、静夜《せいや》はクラスメイト全員に、塩洗《しおあら》いをすすめられている。

クール静夜《せいや》でいくはずが、声が裏返《うらがえ》った。

「ほ、保健室《ほけんしつ》の妖乃先生《あやのせんせい》にぬってもらったから……」

クラスメイトたちはまたみんな同じ動きで、静夜《せいや》から目をそらした。

その場はそれでおさまって、静夜《せいや》は自分の席《せき》につくことができた。窓《まど》ぎわのいちばん後ろだ。

授業《じゅぎょう》が始まった。

授業中《じゅぎょうちゅう》も、どうにも気持ちが悪かった。

たとえば、「みんなで考えてみよう」って先生の言葉に、クラス全員が声をあわせて「はーいっ」ってうれしそうに答えるところとか。いちばん後ろの静夜《せいや》の席《せき》からでは、みんなの表情《ひょうじょう》は見えなかったけれど、きっとみんなニコニコ、あの同じ笑顔《えがお》をしていたのだろう……見えなくてよかった。

これが、この学校ではふつうなんだろうか。

これが、協調性《きょうちょうせい》ってものなのか？

壁《かべ》にはられた学級目標《がっきゅうもくひょう》に気がついた。

「みんないっしょ、ひとつになろう」とあった。

休み時間になると、クラスメイトが静夜《せいや》の席《せき》を取りかこんだ。ひとりが、

「ぼく寺山誠二《てらやませいじ》、このクラスの学級委員です。仲良《なかよ》くしようね」

「ありがとう、よろしくです」

寺山《てらやま》くんはニコニコしながら、いう。

「握手《あくしゅ》したいけど、その手ぶくろがちょっとね」

握手《あくしゅ》は避《さ》けたい気分だ。

「えっと、ごめん。握手《あくしゅ》はナシで」

「手ぶくろ、塩《しお》で洗《あら》い流《なが》せるよ？」

寺山《てらやま》くんがふくらんだ封筒《ふうとう》を見せる。中身はきっと塩《しお》。

「で、でも、保健室《ほけんしつ》の妖乃《あやの》先生《せんせい》に、ぬってもらったから」

そういったら、

「そっかー」

寺山《てらやま》くんは本当に残念《ざんねん》そうに、その場をはなれた。

そしたら、寺山《てらやま》くんの後ろにいた了が前に出て、ニコニコと手を出した。

その手のひらに、薬の紙包《かみづつ》みみたいなものがある。

「あたし、多田《ただ》カオリ。『静夜《せいや》くん』ってよんでもいい？　静夜《せいや》くんと握手《あくしゅ》したいから、その手ぶくろ、塩《しお》で洗《あら》い流《なが》してくれるとうれしいな」

ウソだろ。寺山《てらやま》くんとのやりとりを聞いていたはずなのに。

「ありがとう、よろしく。えーと、手ぶくろはとれないから、握手《あくしゅ》はごめん」

多田《ただ》さんは小首をかしげる。

「どうして、とれないの？」

「保健室《ほけんしつ》の妖乃《あやの》先生《せんせい》がしておくようにって」

「え〜、残念《ざんねん》〜」

ほかの子たちも、

「残念《ざんねん》だよねー」と言い合っている。

そこでチャイムが鳴って、みんな自分の席《せき》にもどった。

静夜《せいや》は、ふーっと息を吐《は》いた。心臓《しんぞう》がバクバクしている。このクラス、なにか、おかしい。絶対《ぜったい》、おかしい。

次の休み時間は教室から出て過《す》ごそう。と思っていたのに、教室を出る前に、取りかこまれた。みんなニコニコ丸顔。

「静夜《せいや》くん、いっしょにトイレに行こう。案内《あんない》してあげる」

トイレには行きたかったから、いっしょに教室を出た。廊下《ろうか》を歩いていて気がつく。手をつないで歩いている子が多い。これがこの学校ではふつう？ついていけない。

トイレで手を洗《あら》っているときにも、クラスメイトが両側《りょうがわ》に立った。

「静夜《せいや》くん、手に塩《しお》をふってあげる」

あわてて、手をポケットにかくした。

みんなは静夜《せいや》に、手ぶくろをはずさせたがっている。それがわかるから、こわくてはずせない。

「保健室《ほけんしつ》の妖乃《あやの》先生《せんせい》に、校内では手ぶくろをとらないようにって、いわれたんだ」

寺山《てらやま》くんがにっこりした。

「じゃあ、学校から出たら、はずせるんだね。いっしょに、下校しようね」

ヤバい、しくじった。

まわりにいた子が、喜《よろこ》ぶ。

「やったね、いっしょに下校しようね」

またクラスメイトに取りかこまれる。

ヤバいヤバいヤバい。

クラスメイトに取りかこまれた状態《じょうたい》で、トイレから廊下《ろうか》へ出る。

休み時間ごとに取りかこまれて、下校になったらやっぱりこうやって取りかこまれて学校の外に出て……どうなる？

もう、クールでいられない。今すぐ、逃《に》げたい。でもどこへ？　思いついた。

「あの、ぼく、保健室《ほけんしつ》に行きたい。保健室《ほけんしつ》、どこ？」

クラスメイトは、いっせいに首をかしげた。

「保健室《ほけんしつ》、どこだっけ？」

「保健室《ほけんしつ》、あったっけ？」

「保健室《ほけんしつ》って、なんだっけ？」

「ほけんしゅつは、一階でしゅ」

クラスメイトたちが急になにかをさがすように、きょろきょろとし始める。そのすきに、静夜《せいや》は取りかこみを突破《とっぱ》して走りだし、階段《かいだん》をかけおりた。一階までたどりついたとき、シャロン、とやわらかな音が聞こえた。

音のしたほうを見たら、白衣《はくい》の妖乃《あやの》先生《せんせい》が戸を開けて手まねきしていた。あそこが保健室《ほけんしつ》だ。かけこんだ。

「おいでなさいまし。六年一組、北静夜《きたせいや》さん。二時間、よくがんばりました」

息切れと、なんとか助かったという脱力感《だつりょくかん》でいすにすわりこむ静夜《せいや》に、妖乃《あやの》先生《せんせい》がハーブティーをいれてくれた。そのクールな香《かお》りに、静夜《せいや》も少しだけ、クールさを取りもどす。

「校門で会ったときに、教室に行くなと忠告《ちゅうこく》してほしかったです」

「あの時点でそう忠告《ちゅうこく》されて、静夜《せいや》さんはしたがいましたかしら？」

「それは……」

担任《たんにん》の先生と相談しますと答えて職員室《しょくいんしつ》へ行って、妖乃《あやの》先生《せんせい》にいわれたことを報告《ほうこく》する。でも担任《たんにん》の先生が首をかしげるだけで終わったんじゃないか？　担任《たんにん》の先生は「思いやりと協調性《きょうちょうせい》のあるクラスだから、すぐなじめるよ」といっていた。

「あのクラス、おかしいですよね？　担任《たんにん》の先生は、どうしてあのおかしさに気づいてないんですか？」

「協調性《きょうちょうせい》を育《はぐく》む指導《しどう》をしていましたから、その指導《しどう》のたまものだと思いこんでいます。そう思いこむよう、ネバネバ本体から催眠《さいみん》電波が出ているようです。そうやって寄生《きせい》ネバネバを守っているのですわ。寄生《きせい》ネバネバもまた宿主から得《え》たエネルギーを電気《でんき》信号《しんごう》にして本体に送り、それが本体の活動エネルギーとなっているようです」

「ネバネバってなんですか？」

「地球の古代生物です。今はアメーバ状《じょう》で、本体がこの学校の校庭の地中にいます」

へ？

思わずポカンと口を開けてしまって、あわてて閉《と》じる。落ち着け、クール静夜《せいや》。と自分にいい聞かせ、カップに残《のこ》っているハーブティーを飲みほした。

「この学校……どうなってるんですか」

「そのお話をするには、まずネバネバの説明《せつめい》から始めないと。この数か月でいろいろわかりましてよ。でもその前に、わたくしにもハーブティーが必要《ひつよう》ですわ。静夜《せいや》さんにもおかわりを」

妖乃《あやの》先生《せんせい》は、自分用と静夜《せいや》の二杯《はい》目のハーブティーをいれると、いすに腰《こし》かけ、話し始めた。

「ネバネバは、十数億《おく》年前から地球に存在《そんざい》する、動物でも植物でもキノコでもない生物です。ほとんどの時間を休眠《きゅうみん》して過《す》ごします。休眠中《きゅうみんちゅう》のネバネバは小石か土のかたまりに見えるそうです。目覚《めざ》めるのは、争《あらそ》いと接触《せっしょく》したとき。その争《あらそ》う生物が地球の害《がい》になると判断《はんだん》すると、ロックオンして、活動を始めます。アメーバ状《じょう》になり、ロックオンした生物に寄生《きせい》しあやつり、伝染《でんせん》して広がります。寄生《きせい》された生物は個《こ》を捨《す》て他者とひとつになることを望《のぞ》み、やがて、くっつきあってアメーバ状《じょう》となり、地上に出たネバネバに吸収《きゅうしゅう》されます。その後、ネバネバは大きな球体『ポコリ』に変形《へんけい》、無《む》数《すう》の胞子《ほうし》となって四方に飛《と》ぶそうです。巨《きょ》大《だい》でまん丸なキノコみたいなものですかしら。その胞子《ほうし》を吸《す》ったロックオン生物がまたあやつられ、同じことがくり返され、いずれはロックオン生物すべてが『ネバネバ』となって、その生物は絶滅《ぜつめつ》、ネバネバ

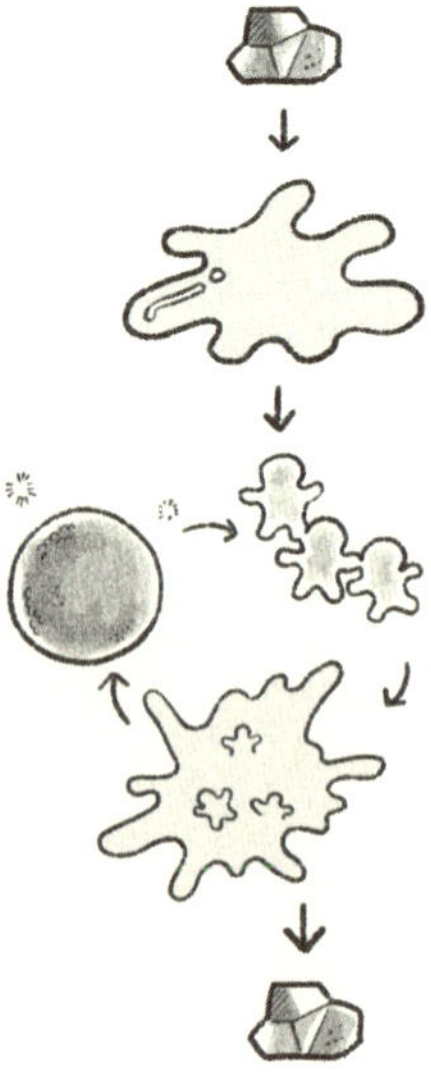

はふたたび休眠《きゅうみん》します。今回は、人間がロックオンされたというわけです」

妖乃先生《あやのせんせい》は、ふっと小さく息をついて続《つづ》けた。

「わたくしも読みがあまかったですわ。じつはあのクラスだけではありませんの。六年生は全クラス、五年生と四年生のほぼ半分がネバネバにあやつられ、三年生以下《いか》にも広がり始めています」

妖乃先生《あやのせんせい》はハーブティーを飲み、静夜《せいや》を見た。

「質問《しつもん》がありそうなお顔ですわね」

山ほどある。

「どうして、人間がロックオンされたんですか」

「春休みに、防災井戸《ぼうさいいど》をつくる調査《ちょうさ》で校庭の地中深くまで穴《あな》があきましたの。そのタイミングで校庭で大人《おとな》どうしのけんかがあり、その声がネバネバを起こし、地球に害《がい》をなす生物だと判断《はんだん》されたようです」

「どうして、この学校の校庭にネバネバがいたんですか」

「地形の変動《へんどう》の際《さい》にこの地に寄《よ》せられたか、または休眠《きゅうみん》していた場所から採掘《さいくつ》された土が校庭に使われたか、そこはよくわかりません」

「地中からどうやって、最初《さいしょ》の子に寄《き》生《せい》したんですか」

「学校のしぇいれいが、たのまれましゅた」

「え？」

妖乃《あやの》先生《せんせい》のしゃべり方がおかしくなった。意味もよくわからない。先生までネバネバに寄《き》生《せい》された？

あせったけれど、先生は頭をぶんぶんふって、もとにもどった。

「植物……のようなものに運ばせ、地上に出たようです。次の質問《しつもん》を」

「えーと、先生たちにも寄《き》生《せい》は広がっているんですか」

「先生方は子どもたちの行動を好《この》ましく思うような催眠《さいみん》電波を受けているだけで、寄《き》生《せい》はされていません。今のところ寄《き》生《せい》されているのは、この学校の子どもだけ」

「どうして？」

「子どものほうが良質《りょうしつ》な『ポコリ』、良質《りょうしつ》な胞子《ほうし》となるから、らしいですわ。この学校限定《げんてい》なのは、校庭の本体と電気《でんき》信号《しんごう》のやりとりできる距離《きょり》に関係《かんけい》しているのでしょう」

「ネバネバはどうやって寄生《きせい》して、どうやって人間をあやつるんですか」

「手から手へと伝染《でんせん》します。寄生《きせい》されてしばらくたつと、伝染《でんせん》させるために手のひらの汗腺《かんせん》からネバネバを出せるようになりますの」

ああ、だからクラスメイトは握手《あくしゅ》を求《もと》めてきたのか。

「手についたあとは、傷口《きずぐち》や虫さされやささくれから体内に侵入《しんにゅう》します。小さな傷《きず》も見のがしません。手で目をこすれば目の粘膜《ねんまく》から侵入《しんにゅう》します。侵入口《しんにゅうぐち》が見つかるまで、手のしわや爪《つめ》の間にひそんで待ちます。湯水やせっけんでも洗《あら》い流《なが》せません。体内侵《しん》入後《にゅうご》は脳《のう》をめざし、たどりつくと電気《でんき》信号《しんごう》で脳《のう》を操作《そうさ》します。手のひらの汗腺《かんせん》からネバネバを出すことも、脳《のう》の操作《そうさ》でおこないましてよ」

「寄生《きせい》されているのにみんなニコニコしてた……」

「ネバネバが脳《のう》を操作《そうさ》して、『みんないっしょ』であることに対して幸せホルモンを出させるからです」

「みんな元気そうだったし」

「よい胞子《ほうし》をつくるために、ネバネバが健康管理《けんこうかんり》をするからです。寄生《きせい》された子は好《す》ききらいがなくなってなんでもよく食べ、早寝早起《はやね》き。ゲームで夜ふかしもいたしません。寝不足《ねぶそく》や朝ごはんぬきで体調が悪くなって保健室《ほけんしつ》へ来る子もいなくなってしまいました」

「寄生《きせい》された子は、これから、どうなるんですか？」

「体をつくり変《か》えられていきます。生命エネルギーがダウンしないようゆっくりと。ネバネバ本体とひとつになれる状態《じょうたい》、つまりアメーバ状《じょう》に」

ホラーやSF《エスエフ》はきらいじゃない。アニメやゲームなら。

でも現実《げんじつ》に起きるなんて。それも静夜《せいや》の現実《げんじつ》に。

だまってしまった静夜《せいや》を、黒く大きなひとみがのぞきこんできた。

「だいじょうぶ、必《かなら》ず、どの子もネバネバから取りもどしますことよ。ええ、きっと、間にあいます。みんな同じ心なんてつまらない。安定しきってゆらめかないのですもの。わたくしが求《もと》めるのは、ゆらめくやわらかな心。わたくし、あきらめませんことよ……あら、ついひとりごとを。つまり、静夜《せいや》さんの心をネバネバから全力でお守りするということですわ。すてきな妖乃《あやの》特製《とくせい》アイテムもご用意いたしましてよ」

「これ？」

ジェル手ぶくろのことかと手を広げて見せたら、妖乃《あやの》先生《せんせい》は首を横にふった。

「それは感染予防《かんせんよぼう》アイテムです。最初《さいしょ》は市販《しはん》のビニール手ぶくろを配布《はいふ》しましたのよ。古代生物はビニールを知りませんから通過《つうか》することができません。ビニールの匂《にお》いもきらいます。伝染《でんせん》を止めるのはかんたんだと思ったのですけれど……長時間つけるには手ぶくろのはめ心地《ごこち》がよくないうえに、かんたんにはずせるせいで、あまり使われませんでした。それで〈スプレー手ぶくろ〉を開発しましたが、これもあやつられた子たちにじゃまされ、校舎《こうしゃ》内に置《お》いたスプレーは数時間で容器《ようき》ごと消えるありさま。かんたんにはがせるのも欠点《けってん》でしたから、はがしにくい〈ジェル手ぶくろ〉を開発したものの、塩《しお》が弱点と見破《みやぶ》られて……。それはさておき、わたくしが静夜《せいや》さんのためにおつくりしたすてきなアイテムは、こちらです」

と、机《つくえ》の上に置《お》いてあった箱のふたを開け、両手になにかをのせて、こちらに見せた。動物のしっぽ？　ふさふさの白いしっぽだけれど、ところどころ赤くよごれている。一瞬《いっしゅん》、血の色かとぎくりとしたけれど、それにしては明るくすんだ色だ。

「火伏《ひぶせ》の神さまをあがめるお祭りで使われた、白狐《びゃっこ》のしっぽです。江戸《えど》時代から続《つづ》くお祭りで、白装束《しろしょうぞく》に狐面《きつねめん》、白いしっぽをつけた狐役《きつねやく》が、逃《に》げる子どもたちを追いつめ、紅色《べにいろ》の染料《せんりょう》をぬりつけますの。泣《な》きさけぶ子どもにも、ようしゃなく。その結果《けっか》子どもたちは、一年間無病息災《むびょうそくさい》のご利益《りやく》を得《え》られます。このしっぽは、そのお祭りの最初《さいしょ》の狐《きつね》をおつとめした方からいただき、とある霊山《れいざん》におあずけしていたもの。狐神《きつねがみ》の霊《れい》気《き》が宿り、このように神々《こうごう》しく、見た目も本物のしっぽそっくりになりましてよ」

いわれてみれば、赤いシミさえも神々《こうごう》しく見えてきた。

それにしても、妖乃《あやの》先生《せんせい》自身が江戸《えど》時代にしっぽをもらって山にあずけたみたいに得意《とくい》げな話しぶりだ。先生、百歳《ひゃくさい》こえてることになるよ？　心の中でクスリと笑《わら》える程度《ていど》に余裕《よゆう》を取りもどせた自分をほめる。いいぞ、クール静夜《せいや》。

「このアイテムをつければ、狐神《きつねがみ》の気に包《つつ》まれます。人ではない気ですから、ネバネバは静夜《せいや》さんを人外、つまりロックオン対象外《たいしょうがい》とみなして、近づいてこなくなります。最強《さいきょう》の守りですわ」

最強《さいきょう》の守りを、どうして今までだれにも使わなかったんだろう？

「ですが最強《さいきょう》ゆえに、問題もございます。ですから、今まで使えませんでしたの」

妖乃先生《あやのせんせい》の黒く大きなひとみが、静夜《せいや》を見つめていた。

「ロックオン対象外《たいしょうがい》になると、無視《むし》されます。親友が寄生《きせい》されていたなら、親友に無視《む》されます。クラスのほとんどがネバネバに寄生《きせい》されていたなら、今までの人間関係《にんげんかんけい》が消え、大きな喪失感《そうしつかん》を味わうことになります。でも転校してきたばかりの静夜《せいや》さんなら、この学校での人間関係《にんげんかんけい》はまだありません。わたくし必《かなら》ず、この学校の子どもたちの心をネバネバから取りもどします。ですから静夜《せいや》さん、それまでの間、この学校で友だちをつくるのを待ってくださいまし。長くは待たせません」

なるほど、そういうわけか。この学校でやっていくなら、ネバネバとやらに寄生《きせい》されるか、このアイテムを使うかのどちらかだ。

重大なことに気がついた。

「でも妖乃先生《あやのせんせい》がネバネバに催眠《さいみん》をかけられたり、寄生《きせい》されたりしたら、どうなるんですか」

「わたくし、催眠《さいみん》が効《き》かない体質《たいしつ》です。だれかにあやつられるのもまっぴらごめんですから、全細胞《ぜんさいぼう》で抵抗《ていこう》いたします。ネバネバに寄生《きせい》されるとしても、人類最後《じんるいさいご》のひとりになる自信《じしん》がございます」

妖乃《あやの》先生《せんせい》は笑顔《えがお》でいい切った。

「では最後《さいご》の仕上げ。アイテム名を決めましょう。ホワイトコンコン――」

静夜《せいや》は妖乃《あやの》先生《せんせい》の言葉をさえぎり、強くいった。

「クールコンコン！」

「あら、静夜《せいや》さんにお似合《にあ》いのネーミングですわね。妖乃特製《あやのとくせい》アイテム〈クールコンコン〉完成《かんせい》ですわ」

静夜《せいや》は〈クールコンコン〉を受けとった。しっぽは白い帯《おび》に縫《ぬ》いつけられていて、帯《おび》の両はしにはバックルがついている。

「お祭りで使うときには帯《おび》を結《むす》ぶのですけれど、静夜《せいや》さんが使いやすいようにバックル式に改良《かいりょう》しましてよ。サイズも静夜《せいや》さんにぴったりに」

しっぽが後ろにくるように帯《おび》を腰《こし》に巻《ま》き、へその下あたりでバックルをはめた。カチリ。山の頂上《ちょうじょう》から冷《つめ》たい風がふきおろしたようだった。風が静夜《せいや》の身についていた

よごれたものをすべてふき飛《と》ばし、風のあとにやってきたすんだ空気が心身を包《つつ》んだ。

最高《さいこう》にクールだ。

妖乃《あやの》先生《せんせい》が両ほおに手をあて、うっとりと静夜《せいや》を見つめている。

「狐神《きつねがみ》の霊気《れいき》をもつこのしっぽに、静夜《せいや》さんのやわらかな心が加《くわ》わったならどれほどすてきな……あら、またひとりごとを。お気になさらず」

それから真顔になって、いった。

「孤独《こどく》を感じたら、いつでも保健室《ほけんしつ》においでなさいまし。大歓迎《だいかんげい》でしてよ」

静夜《せいや》の心は今までになく、シンとすんでいた。これが本当のクール静夜《せいや》だ。

教室にもどることにした。

シャロン。

四時間目の授業中《じゅぎょうちゅう》だったから、教室の後ろから入ることにした。戸を開けたら、クラスメイトが全員、ふり返って静夜《せいや》を見た。見ただけで、すぐに顔を前にもどした。

朝とちがってだれも笑顔《えがお》にならなかった。表情《ひょうじょう》を変《か》えることもなかった。

「北《きた》さん、もうだいじょうぶか」

担任《たんにん》の先生に「はい」と答えて、静夜《せいや》は席《せき》についた。

昼休みになっても、クラスメイトは近づいてこなかった。話しかけてもこない。妖《あや》乃《の》先生《せんせい》のいったとおり、静夜《せいや》はロックオン対象外《たいしょうがい》になったようだ。だからといって、攻撃《こうげき》されたり意地悪されたりすることもない。給食《きゅうしょく》もちゃんと配膳《はいぜん》された。楽勝だ。

〈クールコンコン〉は念《ねん》のために通学路でもつけておくことにした。家に帰ってからはずし、親に見つからないようにした。説明《せつめい》するのが大変《たいへん》だし、信《しん》じてもらえないだろうし、もし信《しん》じてもらえたらそれはそれで大騒《おおさわ》ぎになって……また引っこすとか転校先をさがすとか？　予測不能《よそくふのう》だけれど大変《たいへん》なことにはちがいない。

妖乃先生《あやのせんせい》がなんとかしてくれるのを待つのがいちばんいい、とクールに判断《はんだん》した。

意地悪されるわけじゃない。悪意を向けられることもない。裏切《うらぎ》られたわけでもない。ただ、だれも話しかけてこないだけ。だれも静夜《せいや》に興味《きょうみ》を向けないだけ。みんなとても仲良《なかよ》しのクラスの中で、静夜《せいや》だけがぽつんとひとり。そんな毎日。

楽勝……じゃなかった。学校での一日が長すぎる。

だから毎日、保健室《ほけんしつ》へ行った。温かなハーブティーと妖乃先生《あやのせんせい》とのおしゃべりで、自分を温めた。ついでにジェル手ぶくろもぬりなおした。それで乗り切れると思った。

「強力な助《すけ》っ人《と》がこちらに向かっていましてよ」

妖乃先生《あやのせんせい》もそういってたし。

そうしてむかえた十月末《まつ》。

貸《か》し切《き》りバスに乗って、修学旅行《しゅうがくりょこう》に出発した。一泊《ぱく》二日だ。

静夜《せいや》は転校前の学校でも行ったから、これが二度目になる。「修学旅行《しゅうがくりょこう》に二回行けてラッキー」、父親にそういったのが、ずっと昔のことに思える。

ネバネバ本体が校庭にいるのなら、修学旅行《しゅうがくりょこう》で学校から遠くはなれれば自分を取りもどすクラスメイトがいるかもしれない。担任《たんにん》の先生への催眠《さいみん》もとけるかもしれない。

と、期待していた。妖乃先生《あやのせんせい》には「あまいでしゅね」といわれたけれど。

だからバスに乗ってから、何度もみんなの表情《ひょうじょう》をうかがった。

学校をはなれるにつれて、みんな、心細そうな顔になった。そして、となりの席《せき》の子と手をしっかりつなぎ、いつも以上《いじょう》にくっつきあった。親犬から引きはなされた子犬たちがくっつきあうように。

そしてなんの合図もなく、同じ歌を、全員で声をそろえて歌い始めた。音楽の授業《じゅぎょう》で習った歌だ。一曲歌い終わると、メドレーみたいに、なめらかに次の歌にうつる。

静夜《せいや》のとなりにすわる先生が、感心する。

「ほぉ、いつのまに練習していたんだ。サプライズだな」

そんなんじゃない、と静夜《せいや》は感じる。クラスメイトたちは、ネバネバ本体からはなれて不安《ふあん》だから、声をそろえて歌うことで自分たちの連帯《れんたい》をたしかめあっているんだ。そして今まで以上《いじょう》に「ひとつ」になろうとしている。

じっさい、クラスメイトたちから今までにない力が生まれつつあることを、静夜《せいや》は感じていた。歌声に心がひきつけられる。……いっしょに歌いたい。

数曲歌《うた》い続《つづ》けたあと、歌はふっと止《や》んだ。みんなの表情《ひょうじょう》から不安《ふあん》が消え、おそろいの笑顔《えがお》がもどっていた。

先生とバスガイドさんは、感動して拍手《はくしゅ》していた。その表情《ひょうじょう》はうっとりしている。

「このクラスは、本当にすばらしい」

校庭のネバネバ本体からはなれた先生は、今また別《べつ》の催眠《さいみん》を受けてしまったらしい。そしてたぶん静夜《せいや》も……。

静夜《せいや》はこわかった。いっしょに歌いたいと思ってしまったことが。博物館《はくぶつかん》で展示《てんじ》物《ぶつ》の説明《せつめい》を受けているときも、自然公園《しぜんこうえん》を散策《さんさく》しているときも、静夜《せいや》はうわのそらになった。頭の半分で、バスで聞いた歌声がくり返されていた。残《のこ》りの半分では、（ヤバい、保健室《ほけんしつ》に逃《に》げこまなきゃ）と考えた。でも保健室《ほけんしつ》は遠かった。

そしてその夜。宿の大部屋にふとんが並《なら》べられた。クラスの男子全員が同室だ。クラスメイトたちは早々とふとんにもぐりこんだ。まくら投げもプロレスごっこも怪談《かいだん》もない。手をつなぎあって目を閉《と》じると、すぐに寝息《ねいき》を立て始めた。

静夜《せいや》はドアにいちばん近いふとんにすわって、そのようすを見ていた。眠《ねむ》る気にならないし、眠《ねむ》たくもない。修学旅行《しゅうがくりょこう》なんて来るんじゃなかった。

クラスメイトたちは眠《ねむ》っているはずなのに、同時にふふっと笑《わら》う。夢《ゆめ》の中まで「みんないっしょ」らしい。楽しい夢《ゆめ》なのだろう、幸せそうな表情《ひょうじょう》だ。

うらやましい。静夜《せいや》だけが寒々とした場所にいる。自分の意志《いし》でそうしているのに、ちっとも幸せじゃない。

アイテムで狐神《きつねがみ》の気を借《か》りて、最高《さいこう》にクールなはずなのに……。

静夜《せいや》には無理《むり》だったのかも。

クール静夜《せいや》でがんばってきたけれど、本当はクールじゃないんだ。

友だちがほしい。仲間《なかま》がほしい。

この学校で今度こそ、友だちができると思っていた。

クラスメイトたちがまた同時に、寝顔《ねがお》で笑《わら》う。

……行きたい。静夜《せいや》もそちら側《がわ》へ……いっしょになりたい。

修学旅行《しゅうがくりょこう》に出発してからずっと腰《こし》に巻《ま》いていた白帯《しろおび》に手をあてる。しっぽをはずすのがこわくて、お風呂《ふろ》にも入らなかった。

(妖乃《あやの》先生《せんせい》はきっと、ネバネバからみんなを救《すく》いだすよね？　そのとき、ぼくも忘《わす》れずに救《すく》って)

心の中でそう念《ねん》じてから、白帯《しろおび》のバックルをはずした。カチリ。しっぽが、静夜《せいや》の体からはなれた。同時に、静夜《せいや》を包《つつ》んでいたシンとした空気も消えた。

となりのふとんに寝《ね》ていた学級委員の寺山《てらやま》くんが、ふっと目を開けた。静夜《せいや》を見て、ほほえむ。

クラスメイトに笑《わら》いかけられたのは、何日ぶりだろう。

寺山《てらやま》くんがまくらもとのバッグからなにかを取りだし、差《さ》しだした。小さな紙の包《つつ》みだ。

静夜《せいや》は受けとり、部屋を出た。洗面所《せんめんじょ》で包《つつ》みの中身を――塩《しお》を手に受け、ジェル手ぶくろにこすりつけ、洗《あら》い流《なが》した。修学旅行《しゅうがくりょこう》の前日に、しっかりぬったものを。

蛇口《じゃぐち》を止めて顔をあげたら、鏡《かがみ》に泣《な》きそうな自分の顔があった。その後ろに、クラスメイトたちが並《なら》んでいた。

鏡《かがみ》ごしに、クラスメイトたちが静夜《せいや》にほほえみかける。よくやった、というふうに。

静夜《せいや》もぎこちなく、ほほえみを返した。

三学期

守護の庭《ガーディアン・ガーデン》

五年三組　戸《と》田《だ》一紗《かずさ》

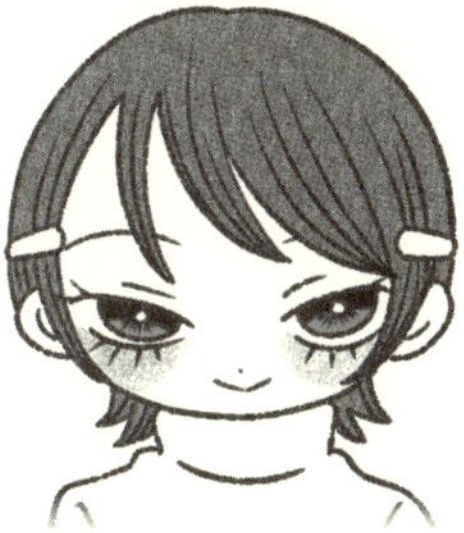

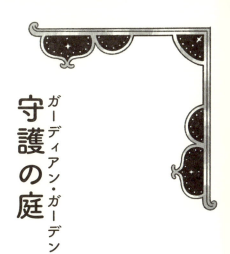

五年生になるまで一紗《かずさ》にとって大切なものは、マンガを読むこと、マンガを描《か》くこと、将来《しょうらい》マンガ家になるっていう自分の夢《ゆめ》――つまりマンガだけ、だった。

五年生になって、杏《あん》と同じクラスになった。杏《あん》は、アニメについてものすごくくわしかった。そして、どのアニメの話をするときも、決して悪口をいわなかった。

難解《なんかい》だといわれているアニメについては、

「もう少し大人《おとな》になってから見直したら、きっとわかると思うんだ」

一紗《かずさ》がおもしろくないと思っていたアニメは、

「敵役《てきやく》のセリフを聞いてみて。声の表現《ひょうげん》がすごいから」

杏《あん》の夢《ゆめ》は、アニメの声優《せいゆう》さんになることなんだって。

もちろん一紗《かずさ》も、マンガへの愛《あい》を語った。

一紗《かずさ》が描《か》いたマンガをアニメ化して、主人公の声を杏《あん》が演《えん》じる――それがふたりの夢《ゆめ》になった。

今、一紗《かずさ》にとって大切なものは、その夢《ゆめ》と杏《あん》の存在《そんざい》。

夢《ゆめ》を実現《じつげん》させるためには、絵の練習はもちろん、ストーリーづくりや魅力的《みりょくてき》なキャラのつくり方の勉強など、やらなきゃいけないことがいっぱいだ。

だから、それ以外《いがい》のことはどうでもいい。クラスメイトが一紗《かずさ》のことを、「変《か》わってる」とか「マンガオタク」とかいっても、気にしない。どうでもいい子たちに、どういわれようが、どうでもいい。そんなことに時間やエネルギーを使うのがもったいない。

だけど、こっちがどうでもいいと思っていても、からんでくる二人組がいた。

仕切り屋の美月《みつき》と、目立ちたがり屋の花鈴《かりん》。本人たちはクラスのリーダーのつもりらしくて、なにかと提案《ていあん》し、クラスメイトに押《お》しつける。「笑顔《えがお》であいさつ」とか、「身だしなみを整える」とか。それも、「あたしたちを見習いなさい」ってオーラをガンガン出して。じっさい、そう口に出したこともある。

そしてふたりとも「かわいい」といってもらうのが大好《だいす》き。五年生になったばかりのころ、お互《たが》いに「美月《みつき》ちゃんかわいい」「花鈴《かりん》ちゃんこそかわいい」とか言い合っていた。そのとき一紗《かずさ》の心の中の声が、口からもれ出てしまった。

「いちばんかわいいのは自分だと思っているくせに」って。

教室がシンとしたね。

「あ、ごめん、つい本音が」

すぐにあやまったけれど、美月《みつき》も花鈴《かりん》も根にもつタイプだった。ふたりにからまれるようになったのは、あれからだ。

「一紗《かずさ》ちゃん、まーた寝《ね》ぐせがついてる」

「やーだ、はずかしい」

なんていわれるのは、どうでもいいからスルーしつつ、一学期を終えた。

そして二学期もなかばのある日。休み時間に一紗《かずさ》と杏《あん》がアニメの話をしていたら、美月《みつき》が割《わ》りこんできた。

「やだ、そんなの見てるの？」

花鈴《かりん》も加《くわ》わる。

「センス、悪ぅい」

とげのある口調に、教室がふっと静《しず》まる。

杏《あん》が、美月《みつき》や花鈴《かりん》のほうを見ようともせず、一紗《かずさ》に話しかけた。声優《せいゆう》をめざしているよく通る声で。

「好《す》ききらいはその人の自由。人の好《す》きなものをけなす人間にだけは、なりたくないね」

一紗《かずさ》も杏《あん》に笑顔《えがお》を向けて、でもほかのクラスメイトにも聞こえる声で答えた。

「うん。あのアニメのよさがわからないとしてもさ、理解《りかい》できないものは否定《ひてい》するっていう性格《せいかく》が、悲しいよねぇ」

その直後の学級会で、仕返しされた。さすが根にもつ二人組だ。

「戸田《とだ》さんと丸井《まるい》さんが、勉強に関係《かんけい》ないマンガを読んでいました」と美月《みつき》。

「勉強に関係《かんけい》ないマンガを学校に持ってくるのは、だめだと思います」と花鈴《かりん》。

杏《あん》にバトルマンガを貸《か》そうとしたんだ。いつもは紙袋《かみぶくろ》に入れて、マンガだとわからないように渡《わた》す。今回は巻頭《かんとう》の絵がすごくて、それを見せたくて袋《ふくろ》から出し、盛《も》りあがっているところを、見つかった。

「将来《しょうらい》、マンガ家になるための勉強です」

といい返したけれど、先生もクラスメイトも味方してくれなかった。

美月《みつき》と花鈴《かりん》の勝《か》ち誇《ほこ》った表情《ひょうじょう》に腹《はら》が立った。マンガの勉強をじゃまする敵《てき》め。

だけどやり返そうと戦法《せんぽう》を練る数日間のうちに、美月《みつき》と花鈴《かりん》が微妙《びみょう》に変《か》わっていった。ぼんやりしているかと思えば、にっこり笑《わら》いあっている。その笑顔《えがお》が美月《みつき》や花鈴《かりん》らしくなかった。「自分がいちばん」オーラも消えた。なんか、へん。

関《かか》わりたくないって感じたから、やり返すのは中止にした。美月《みつき》たちから、からんでくることもなくなった。

次の週には、美月《みつき》と花鈴《かりん》は手をつないで教室に入ってきた。いつもつるんでいたけれど、手をつないで歩くキャラではなかったはず。そのうえ、今まで見せたことのないニコニコスマイルで「いっしょがいちばん」と、いいだした。

一紗《かずさ》と杏《あん》はそのようすをはなれたところで見ていた。

「なんだ、あれ？　気持ち悪い」

つぶやく一紗《かずさ》に、杏《あん》が声をひそめていう。

「あれ、六年生ではやってるやつだよ。『いっしょがいちばん』とか『みんないっしょ』とかいいながら、手をつないでローカを歩いているのを見たことある。表情《ひょうじょう》までいっしょでさ、美月《みつき》たちみたいな笑顔《えがお》だった。トイレに行くときもみんないっしょ。昼休みもみんないっしょに遊ぶんだって。わたし、そういうの苦手」

一紗《かずさ》は、強くうなずいた。

「あたしも、だめだ。たえられない。あのふたりからはなれておこう」

保健室《ほけんしつ》の妖乃《あやの》先生《せんせい》が、手ぶくろを教室に持ってくるようになったのはそのころだ。

スプレー手ぶくろだったり、ジェル手ぶくろだったりを、みんなの手にふきかけたり、ぬりつけたりした。教室にも置《お》いた。

教室に置《お》いていった分は、妖乃《あやの》先生《せんせい》が教室から出ていったとたん、美月《みつき》と花鈴《かりん》が、ゴミトングでつかんで、ゴミ箱に運んだ。

「こんなくさいの、手につけちゃだめ」と美月《みつき》。

「こんなのしてる子には、握手《あくしゅ》してあげられない」と花鈴《かりん》。

「花鈴《かりん》の握手《あくしゅ》なんていらないし」

と、心の声がもれてしまった一紗《かずさ》に、花鈴《かりん》がにこやかにいった。

「よかった。あたしたちも一紗《かずさ》にあげたい気分じゃないし。ほかの人からもらってね」

美月《みつき》も花鈴《かりん》も、お気に入りのクラスメイトに、握手《あくしゅ》を求《もと》めていた。相手が手ぶくろをしている場合には、「手ぶくろごしじゃ心が通じあわない」とかいって、はずさせている。

一紗《かずさ》は杏《あん》にささやいた。

「手ぶくろは、魔《ま》よけのお守りかもよ。しっかりつけておこう」

じょうだん半分だったけれど、残《のこ》りの半分では美月《みつき》と花鈴《かりん》がはやらそうとしているものがマジで不気味《ぶきみ》だった。

杏《あん》もささやき返してきた。

「予備《よび》もほしいね。スプレー手ぶくろがいいな」

「妖乃《あやの》先生《せんせい》にたのんでみよう」

妖乃《あやの》先生《せんせい》は喜《よろこ》んで、ランドセルに入れてもじゃまにならないミニスプレーを、一紗《かずさ》と杏《あん》に渡《わた》してくれた。

そのあとも、妖乃《あやの》先生《せんせい》が校門や廊下《ろうか》や教室、校内のあちこちで、みんなの手に手ぶくろをふきかけたりぬったりしているのを見かけた。

それでも、五年三組で手ぶくろをする子は日に日に減《へ》って、二学期の終業式には、ごく少数だった。


三学期、始業式の朝。

校門をくぐったら、前方に杏《あん》の後《うし》ろ姿《すがた》を見つけた。校庭で転んだ下級生に手を差《さ》しのべて起こしてやっている。下級生にけがはなかったようで、杏《あん》にぺこりとおじぎして、はなれていった。

杏《あん》は動かず、うつむいている。一紗《かずさ》は追いついて、横に並《なら》んだ。

杏《あん》は自分の手のひらをじっと見ていた。

「杏《あん》、おはよう。どうした?」

「あ、一紗《かずさ》、おはよう。うーん、手にベタベタしたものがついた気がしたんだけれど……消えた」

指を動かしたり、手の甲《こう》を見たりして、首をかしげている。その手は素肌《すはだ》のまま、むきだしだ。

「杏《あん》、手ぶくろを忘《わす》れてるよ。スプレーしてあげる」

「ほんとだ、冬休みボケだね。手を洗《あら》いたいから待って」

杏《あん》は校庭の蛇口《じゃぐち》で、せっけんをこすりつけて手を洗《あら》った。

洗《あら》い終《お》わった両手に、一紗《かずさ》がスプレー手ぶくろをふきかけてあげた。

始業式は、体育館でおこなわれる。教室から体育館までは、クラスごとに二列に並《なら》んで歩く。

教室横の廊下《ろうか》に並《なら》んでいるときに気がついた。クラスで手ぶくろをしているのは、一紗《かずさ》と杏《あん》だけだ。

一紗《かずさ》のとなりに並《なら》んでいる子が、一紗《かずさ》の手を見て、悲しそうにいった。

「ねえ、手ぶくろをはずしてくれなきゃ、手をつないであげられない」

「はぁ？　なんで手をつなぐの？」

「みんな、つないでるよ？」

列の前後を見ておどろいた。本当に、となりの子と手をつなぎあっている。それにみんな、ふっくら丸顔で肌《はだ》がツヤツヤになっている。そしてニコニコ。ごきげんな健《けん》康優良児《こうゆうりょうじ》の二列縦隊《じゅうたい》だ。

杏《あん》のほうを見たら、杏《あん》もとなりの子に手ぶくろをはずしてとせまられているところだったから、

「場所、交替《こうたい》して」

強引《ごういん》に杏《あん》の横に並《なら》んだ。

（わがままだね）

（ジコチューだね）

ヒソヒソと広がるささやきは無視《むし》した。

体育館に入り、整列の号令《ごうれい》で前に並《なら》んでいるふたりの手がはなれるとき、お互《たが》いの

手からネバネバした黄色いものが、糸を引いているのが見えた。納豆《なっとう》みたいな糸だ。

うわ、気持ち悪い。

「あれって……」

と、杏《あん》が自分の手を見る。

「どうした？」

「ううん、なんでもない」

始業式が終わって体育館から教室へもどるとき、クラスメイトたちはまた手をつないだ。五年三組だけじゃなく、ほかのクラス、ほかの学年も手をつないでいた。一紗《かずさ》が知らないだけで、そうするよう決まったのかもしれない。だけど、みんな、肌《はだ》ツヤツヤの丸顔でニコニコしているのは、なぜ？　ニコニコしながら、一紗《かずさ》に手ぶくろをはずすよう、すすめるのはなぜ？

教室ではクラスメイトに、廊下《ろうか》やトイレですれちがうほかのクラスの子にも、手ぶくろをはずすよう、すすめられた。すすめられるほど、はずすもんか、って気持ちになった。杏《あん》とも、「絶対《ぜったい》、はずさないでいよう」と言い合った。

なのに下校のとき、校門へ向かいながら、杏《あん》が手首をかき始めた。手ぶくろのはしがめくれると、そこから指先のほうへと引っぱり、手ぶくろを裏返《うらがえ》すようにして、ぺろりとはずした。

「なんではずしちゃうの？」

スプレー手ぶくろは、四、五日はそのまま使えるのに。

「んー、きゅうくつで、息苦しくなって。冬休み中ずっとしてなかったからかな。あしたの朝、またスプレーするよ」

家の方向が反対だから、そこで別《わか》れた。杏《あん》の後《うし》ろ姿《すがた》を見ながら、今日《きょう》何度も「はずさないでいよう」と言い合ったつもりだったけれど、そういっていたのは一紗《かずさ》ばかりで、杏《あん》はうなずくだけだったなと気がついた。

その次の日の朝。杏《あん》が遅刻《ちこく》ぎりぎりで教室に入ってきた。早起きの杏《あん》にしてはめずらしい。それにまた、手ぶくろをしていない。

「杏《あん》、また手ぶくろを忘《わす》れてるよ。スプレーしてあげる」

「ううん、いらない。忘《わす》れたわけじゃない。けさ、どうしても手ぶくろする気になららなくてグズグズしていて、それで遅刻《ちこく》しそうになったんだ」

「でも……手ぶくろしなきゃ……」

手ぶくろしなきゃどうなるんだ？

「だいじょうぶ。みんな、してないんだし」

もやもやしたけれど、担任《たんにん》の先生が来て、授業《じゅぎょう》が始まってしまった。

休み時間になったら今度こそスプレーしてあげよう。と思っていたのに、休み時間になるなり、だれかがいった。

「トイレに行きたい」

みんなが答えた。一紗《かずさ》を除《のぞ》くクラス全員が。

「みんなで行こう」

杏《あん》も声をあわせている。

「杏《あん》⁉」

クラスメイトたちが手をつなぎあって、一本のくさり編《あ》みみたいになって、廊下《ろうか》へ出ていく。杏《あん》もその中にいる。

ていない。

「杏《あん》！」

一紗《かずさ》は杏《あん》の腕《うで》をつかんで列から引っぱり出し、その手を見た。よかった。糸は引い
クラスの列が止まって、全員が、杏《あん》と一紗《かずさ》を見る。

「みんなはトイレへ行って。杏《あん》はあたしと話があるの」

そういっても、みんなは動かない。

一紗《かずさ》は、杏《あん》を引っぱってそこからはなれようとしたけれど、杏《あん》が動かない。

「一紗《かずさ》もいっしょに。ほら、手をつなご？　あ、その前に手ぶくろをはずさなきゃ」

「はずさない。杏《あん》も手ぶくろして」

「手ぶくろなんて、みんな、してないよ」

杏《あん》はにっこり笑《わら》う。みんなもにっこり笑《わら》う。

「なんで、みんなにあわせるの？」

「みんないっしょは、ハッピー」

一紗《かずさ》は泣《な》きたいのをがまんして、首を横にふる。

「あたしは杏《あん》とマンガやアニメの話をしているときがハッピーだ」

杏《あん》の笑顔《えがお》は変《か》わらない。

「みんなでいっしょに好《す》きになれるものをさがそ？」

ウソだよね？　どうしちゃったの、杏《あん》。

「ね？　一紗《かずさ》も、手ぶくろをはずして、こっちへおいでよ」

杏《あん》のやさしいよびかけに、手ぶくろをはずしそうになる。

杏《あん》は、みんなと同じ笑顔《えがお》を浮《う》かべている。

ちがう。これは本当の杏《あん》じゃない。杏《あん》を取りもどすためにも、一紗《かずさ》まで取りこまれるわけにはいかない。手ぶくろをとっちゃだめだ。

だけど、どうすればいい？

そのとき、耳もとでささやきが聞こえた。

「ほけんしゅつへ、行くのでしゅ」

一紗《かずさ》が声のほうをふりむくのと同時に、杏《あん》が一紗《かずさ》の髪《かみ》へと手を伸《の》ばし、なにかをつかもうとした。杏《あん》の手がとどくより先に、黒いススのようなものが一紗《かずさ》の肩《かた》から足もとへと飛《と》びおりるのが、目のはしに見えた。目を向けたときには、それらしいものはなかったけれど。

ほけんしゅつ……保健室《ほけんしつ》？　そうだ、手ぶくろを配った妖乃先生《あやのせんせい》なら、なにか知っているかも。

「杏《あん》、きっと助けるからね」

首をかしげる杏《あん》に背《せ》を向けて、保健室《ほけんしつ》へと走った。

シャロン。

保健室《ほけんしつ》の戸を開けたら、思いがけずやさしい音がして、泣《な》きそうになった。

「おいでなさいまし、五年三組、戸田一紗《とだかずさ》さん」

そういったのは白衣《はくい》の妖乃先生《あやのせんせい》。そのとなりに、妖乃先生《あやのせんせい》より年上の女の人がいる。

この学校の先生じゃない。

「こちらは、世界一の薬草師《やくそうし》、ヒババさんでしてよ」

「遅《おそ》くなってごめんよ。わたしがもっと早く来ることができてたら、一紗《かずさ》ちゃんにそんな顔をさせずにすんだのに」

ヒババさんがそういって一紗《かずさ》の頭に手を置《お》いたとたん、一紗《かずさ》の目からぼろっとなみだがこぼれ落ちた。わけわかんない。泣《な》いてる場合じゃないのに。

「杏《あん》が、へんなんだ。『みんないっしょ』のせいで。みんな、へん、へん」

ああ、これじゃ、伝《つた》わらない。でも、あせるばかりで言葉が出ない。

ヒババさんが一紗《かずさ》の肩《かた》に手を置《お》いて、いすにすわらせてくれた。

「状況《じょうきょう》はわかっている。まずは落ち着くことだ」

「それには、妖乃《あやの》特製《とくせい》ハーブティーでしてよ」

妖乃《あやの》先生《せんせい》が温かいカップを持たせてくれる。さわやかな香《かお》りに、思わず深呼吸《しんこきゅう》する。

ひと口飲んだら、体の中に広がる温《ぬく》もりと香《かお》りが、あせりを消してくれた。

「いつもは、保健室《ほけんしつ》に来たみなさんにお話していただくのを楽しみにしているのですけれど、今回は、わたくしがお話しいたします。この学校の子どもたちに、なにが起こっているのかを。杏《あん》さんを助けるためにも、まずは聞いてくださいまし」

話は、春休みから始まった。防災井戸《ぼうさいいど》の事前調査《ちょうさ》で校庭に深い穴《あな》があいているときに、校庭でけんかをした大人《おとな》がいること。それが地中にいた古代生物ネバネバを起こし、争《あらそ》いで地球を滅《ほろ》ぼす生物として人間がロックオンされてしまったこと。優秀《ゆうしゅう》な胞子《ほうし》をつくるために、子どもから寄生《きせい》されていること……。

「一学期に寄生《きせい》された子は、ネバネバに接触《せっしょく》してからあやつられるまで二週間ほど、他者に伝染《でんせん》させるために手からネバネバを出せるようになるにはさらに一週間が必要《ひつよう》でした。けれど、ネバネバに寄生《きせい》された子が多くなるほど、その期間が短くなっていきましたの。校庭の本体からだけでなく、まわりのネバネバからも干渉《かんしょう》を受けるのでしょう。杏《あん》さんは、ネバネバに接触《せっしょく》した翌日《よくじつ》に影響《えいきょう》が出て……」

杏《あん》の名前が出たところで、一紗《かずさ》は立ちあがっていた。

「ふざけんなっ。けんかした大人《おとな》のせいで、なんで杏《あん》があんなふうにならなきゃいけないんだよっ」

くやしい。杏《あん》だけじゃなく、美月《みつき》や花鈴《かりん》も犠牲者《ぎせいしゃ》だ。この学校の子たちみんなが。

怒《いか》りで、なみだが引っこんだ。マジ、泣《な》いてる場合じゃない。

妖乃先生《あやのせんせい》がしおれている。

「養護教諭《ようごきょうゆ》でありながら、ネバネバの伝染《でんせん》を止められませんでした。わたくし、ちっとも優秀《ゆうしゅう》ではありませんでしたわ」

ヒババさんもため息を落とした。

「まったく、一紗《かずさ》ちゃんのいうとおりだ。それでも今は怒《いか》りをおさえて、みんなを取りもどすために、力を貸《か》してほしい」

怒《いか》りをおさえるなんて無理《むり》。それでもわかる。目の前のふたりは、原因《げんいん》をつくった大人《おとな》じゃない。解決《かいけつ》しようとしている大人《おとな》だ。一紗《かずさ》は深呼吸《しんこきゅう》してから、たずねた。

「取りもどせるよね？」

「約《やく》四億《おく》年前から地球に存在《そんざい》しているシダ植物から得《え》た情報《じょうほう》では、人類《じんるい》は今までにも何度かロックオンされている。そのたびにぎりぎりでネバネバがわずかな希望《きぼう》を人類《じんるい》に見出《みいだ》し、ロック解除《かいじょ》したそうだ」

ヒババさんの静《しず》かな口調に、一紗《かずさ》の感情《かんじょう》も落ち着いてくる。

「地球と深く結《むす》びついているネバネバをやっつけることはできない。でも、ロックオンを解除《かいじょ》させることなら、できるかもしれない。そのために力を貸《か》してくれる植物を集めた。時間がかかったけれど」

「人類存続《じんるいそんぞく》に力を貸《か》してやろうという植物を集めるのは、世界一の薬草師《やくそうし》であっても大変《たいへん》だったのですわ」

「でも、集まったんだよね？」

妖乃先生《あやのせんせい》が、もじもじした。

「ええ。それでさっそく協力《きょうりょく》植物を原料《げんりょう》にアイテムをつくり、わたくしがアイテムを使って、ネバネバを止めようといたしました……が、アイテムが作動いたしません」

ヒババさんも困《こま》り顔《がお》でいう。

「わたしがやっても、作動しない。植物たちが、妖乃《あやの》やわたしではだめだと判断《はんだん》したらしい」

窓辺《まどべ》で声がした。

「わたくしゅがやっても、だめでしゅた」

この声は聞きおぼえがある。耳もとで、保健室《ほけんしつ》へとささやいた声だ。

窓辺《まどべ》には葉が茂《しげ》り、グリーンカーテンができている。その緑色を背景《はいけい》に黒髪《くろかみ》・黒衣《こくい》のミニチュア人形が、ふんぞりかえっていた。白衣《はくい》が黒衣《こくい》に変《か》わっているけれど、妖《あや》乃《の》先生《せんせい》そっくりだ。思ったことがついもれ出て、つぶやきとなる。

「妖乃《あやの》先生《せんせい》フィギュア？」

フィギュアが怒《いか》り顔《がお》で、声を張《は》りあげた。

「ちがいましゅ！」

「AI内蔵《エーアイないぞう》？」

「学校のしぇいれいでしゅ！」

妖乃《あやの》先生《せんせい》がため息まじりにいった。

「学校の精霊《せいれい》、ですわ。なぜわたくしに似《に》ているかはさておき、味方はひとりでも多くほしいときですから、彼女《かのじょ》にも協力《きょうりょく》してもらいましょう」

古代生物ネバネバが校庭にいるくらいだ、精霊《せいれい》がいても不思議《ふしぎ》じゃない。

精霊《せいれい》は腕《うで》を伸《の》ばし一紗《かずさ》を指さして、いった。

「おまえがアイテムを使うのでしゅ。君守《きみもり》しょうがそういってましゅ」

「は？」

妖乃《あやの》先生《せんせい》が、グリーンカーテンの葉をなでながら、いう。

「君守草《きみもりそう》、この植物の名前です。今回のアイテムの動力となってくれます」

疑問《ぎもん》は山ほどあるけれど、必要《ひつよう》なことにしぼって聞こう。

「アイテムってどんなもの？　使い方は？　それを使えば杏《あん》を取りもどせる？」

妖乃《あやの》先生《せんせい》は君守草《きみもりそう》の茂《しげ》みにそっと両手を入れた。そして、リンゴほどの大きさの緑色の玉を取りだした。苔玉《こけだま》みたいに見える。

「こちらが、妖乃《あやの》特製《とくせい》アイテム〈ガーディアン・ガーデン〉の種《たね》です。『守護《しゅご》の庭』という意味ですわ。作動すると協力《きょうりょく》植物が茂《しげ》る庭となり、使い手を守ります。その中では、ネバネバに寄生《きせい》されることもありません。すでに寄生《きせい》したネバネバの増殖《ぞうしょく》や浸《しん》食《しょく》も一時《いちじ》停止《ていし》します。そして〈ガーディアン・ガーデン〉に招《まね》かれた相手は拒否《きょひ》できません。杏《あん》さんを招《まね》いてくださいまし。杏《あん》さんを通して、ネバネバを説得《せっとく》してくださいまし。人間は『みんないっしょ』でなくともだいじょうぶだと。個々《ここ》があるからよいのだと。ネバネバが納得《なっとく》してロック解除《かいじょ》するように」

「説得《せっとく》？　あたしが？　そういうの苦手」

「ネバネバに寄生《きせい》された子どもたちの中で、杏《あん》さんがいちばん日が浅《あさ》く、個人《こじん》としての記憶《きおく》や感情《かんじょう》も残《のこ》っています。杏《あん》さんの感情《かんじょう》をネバネバも共有《きょうゆう》します。杏《あん》さんにとどく言葉が必要《ひつよう》です。一紗《かずさ》さんにしかできないことですわ。それに、この学校で寄生《きせい》されていない子どもは、もう一紗《かずさ》さんだけですの」

一紗《かずさ》は、両手を差《さ》しだした。

「……アイテム、ください。あたしがやる」

「では手ぶくろをはずしてくださいまし。一紗《かずさ》さんの手のひらでじかに、植物たちとふれあうために」

スプレー手ぶくろをはがしとった。

妖乃《あやの》先生《せんせい》が、緑の玉を、そっと一紗《かずさ》の手のひらにのせる。ほこほこして、ほんのり温かい。どうか杏《あん》を取りもどせますように。

一紗《かずさ》は両手でそれを包《つつ》むように持つ。

そのとき、ふわりと、あまく切ない香《かお》りがただよってきた。グリーンカーテンからだ。

その中央が、真夏のかげろうみたいに、ゆらゆらしている。

妖乃《あやの》先生《せんせい》とヒババさんと精霊《せいれい》が、そろって、ほうっと息をついた。

「ああ、咲《さ》きましたわ」

「アイテム、作動だね」

「この子が、アイテムの使い手として認《みと》められたでしゅ」

「どういうこと？　このゆらゆらはなに？」

「君守草《きみもりそう》の、目には見えない透明《とうめい》な花ですわ。

この花の中で、ガーデンが展開《てんかい》いたします。ガーデンが整ったら、『丸井杏《まるいあん》さんをわたしのガーデンにお招《まね》きします』と、三回くり返してくださいまし。そうすれば、杏《あん》さんがガーデンにやってきます」

ヒババさんが一紗《かずさ》の両肩《りょうかた》に手を置《お》く。

「ガーデンの植物たちは一紗《かずさ》ちゃんの味方だ。わたしたちもここで応援《おうえん》している」

精霊《せいれい》が、君守草《きみもりそう》を指さした。

「行くのでしゅ。目に見えぬあの花の中へ」

緊張《きんちょう》のせいか、自分の心臓《しんぞう》の音が聞こえてきた。どくんどくん。

手の中のガーデンの種《たね》が、一紗《かずさ》の心臓《しんぞう》と同じリズムで脈打《みゃくう》ち始《はじ》める。

どくんどくん。

君守草《きみもりそう》の目に見えない花も、同じリズムでゆらめき、どくんどくんと広がっていく。

一紗《かずさ》の頭ほどの大きさだったものが、全身大にまで。

どくんどくん。どくんどくん。どくんどくん。

ゆらめきと、手の中で脈打《みゃくう》つリズムと、心臓《しんぞう》の鼓動《こどう》が重なる。

一紗《かずさ》は、ゆらめきの中へ、足をふみ入れた。

草の匂《にお》いがする。花の香《かお》りがする。手の中の緑の玉が大きくなる。どんどん大きくなって、一紗《かずさ》を包《つつ》みこみ……。

一紗《かずさ》は、植物に囲《かこ》まれた空間にいた。駅のエレベーターほどの広さだ。足もとも頭上も前も後ろも右も左も、植物が茂《しげ》っている。君守草《きみもりそう》の葉、アサガオの葉、笹《ささ》の葉、イチョウの葉。花も咲《さ》いている。足もとにはカタバミの黄色い花、頭上に咲《さ》いているのはトケイソウ。名前を知らない植物のほうが多い。人類《じんるい》を……一紗《かずさ》たちを守るために来てくれた植物たちだ。

「ありがとう」

つぶやいてから、深呼吸《しんこきゅう》し、おなかに力を入れた。よし、始めよう。

「丸井杏《まるいあん》さんをわたしのガーデンにお招《まね》きします、丸井杏《まるいあん》さんをわたしのガーデンにお招《まね》きします、丸井杏《まるいあん》さんをわたしのガーデンにお招《まね》きします」

大きな声ではっきりと三回くり返した。

なにも起きない。

もう一度くり返そうか。と思ったとき、ノックの音が聞こえた。音のほうを見たら、さっきまで茂《しげ》みだった場所に、ドアができていた。

「杏《あん》？」

ドアの外から、返事があった。

「うん」

一紗《かずさ》はドアを開ける。

杏《あん》が入ってきた。

「杏《あん》……えっ、なんでっ」

杏《あん》の後ろから、杏《あん》と手をつないで美月《みつき》も入ってきた。

「美月《みつき》は招待《しょうたい》してない、ちょっ、待って、ウソッ」

美月《みつき》の後ろに花鈴《かりん》がくっついている。その花鈴《かりん》の後ろにまた別《べつ》のクラスメイトが、その後ろにまた別《べつ》のクラスメイトがくっついて……まるでひとつながりの生き物のように、ガーデンに入ってくる。

「な、なんで⁉」

杏《あん》がほほえんだ。

「だって、わたしはもうみんなといっしょだから」

そんなの、聞いてない。杏《あん》だけ招待《しょうたい》して、杏《あん》とだけ話すつもりだった。

あとから入ってくるクラスメイトに押《お》されるように、杏《あん》が一歩一歩と前に進む。

一紗《かずさ》は、一歩一歩と下がる。背中《せなか》が葉っぱの壁《かべ》にあたった。もう下がれない。

杏《あん》が足を止め、自分の足もとを見つめた。杏《あん》の両足首にツルがぐるぐるとまきついている。ガーデンがここまでと止めてくれたようだ。

ガーデンは人が十人も入ればいっぱいだ。いっぱいなのにまだクラスメイトが入ってくるから、杏《あん》の背中《せなか》で、クラスメイトがぎゅうぎゅうづめになっていく。ニコニコしながら、くっつきあっている。

もっと早くドアを閉《し》めてしまえばよかった。一紗《かずさ》は今、ドアと反対側《はんたいがわ》に押《お》しやられて、ドアとの間には杏《あん》とひとかたまりになったクラスメイトたち。それでもまだ、手をつないだ子たちが入ってこようとしている。

「クラス全員入ってくるつもり？」

杏《あん》がにっこり答える。

「みんないっしょ。学校の全児童《ぜんじどう》がひとつになるんだよ？」

全児童《ぜんじどう》がここに⁉

そのとき、パタンとドアが閉《し》まった。

「わたくしゅが、クラスの列に割《わ》りこんで、手をつないでやりましゅた」

精霊《せいれい》の声だ。最後《さいご》に入ってきたクラスメイトの手にぶらさがっている。

「ネバネバしゃまを体内に入れながらもあやつられないわたくしゅだからこしょ、できたことでしゅ。感謝《かんしゃ》しゅるのでしゅ」

なにをいっているのかわからないけれど、助かった。

「精霊《せいれい》さん、グッジョブ」

「わたくしゅも植物でしゅ。ガーデンに加《くわ》わりましゅ」

精霊《せいれい》はそういうと、クラスメイトの体をかけあがって、頭上のガーデン植物の中に飛《と》びこんで見えなくなった。

「おまえも、がんばりなしゃい」

……どうやって？

ガーデンの中で、杏《あん》と一対一で話せると思っていた。そういう計画だったよね？

今、目の前に杏《あん》がいる。ただし、その後ろに、十数人のクラスメイトたちもいる。

ぎゅうぎゅうと押《お》しあったせいで体が、ひとかたまりの粘土《ねんど》みたいになっている。

なのに、みんなニコニコしている。杏《あん》さえも。

「おかしいよ。どうして笑《わら》っていられるの？」

「みんないっしょで幸せだから」と杏《あん》。

「自分を失《うしな》っても？　声優《せいゆう》をめざしていた杏《あん》はどうなるの？　あたしの描《か》いたマンガをアニメ化して、杏《あん》が主人公の声を演《えん》じるっていう夢《ゆめ》は？」

杏《あん》が少し考える表情《ひょうじょう》になった。

「夢《ゆめ》は……みんなとひとつになること……そしたら争《あらそ》いの心配もなくなる」

「それは、ネバネバの考えていることだよ。杏《あん》の夢《ゆめ》を思い出してよ」

杏《あん》の後ろで、髪型《かみがた》以外《いがい》そっくりに見える美月《みつき》と花鈴《かりん》が、声をそろえた。

「『夢《ゆめ》はみんなとひとつ。みんないっしょはハッピー』」

その丸顔スマイルと明るい声にぞっとして、一紗《かずさ》はキレた。

「美月《みつき》も花鈴《かりん》もそんなキャラじゃないだろ！　美月《みつき》は仕切り屋、花鈴《かりん》は目立ちたがり屋。いつも上から目線で、美月《みつき》も花鈴《かりん》も自分がいちばんかわいいと思ってただろ！」

美月《みつき》の表情《ひょうじょう》がほんの少しだけ、動く。

「そうだっけ？　そうかも？　……っていうか、一紗《かずさ》のいい方、ひどくない？」

花鈴《かりん》は、首をかしげる。

「一紗《かずさ》はなぜ怒《おこ》ってるの？」

「美月《みつき》と花鈴《かりん》は敵《てき》キャラだ。敵《てき》キャラに個性《こせい》がないなんて、がまんできない。どんなに主人公がかっこよくても、つまんないストーリーだ」

美月《みつき》と花鈴《かりん》の顔から、おそろいのスマイルが消えて、とまどいが広がっていく。

美月《みつき》がいった。

「あたしが、主人公、やりたかった、かも？」

花鈴《かりん》もいった。

「あたしも、主人公、やりたかった、かも？」

「過去形《かこけい》でいうな！　美月《みつき》も花鈴《かりん》も、自分の人生では主人公だろ！　ね、杏《あん》、そうだろ？　杏《あん》も思い出してよ。アニメが大好《だいす》きで、声優《せいゆう》めざしている杏《あん》を思い出してよ」

杏《あん》が、ぽつんといった。

「そうだったね」

その顔からもスマイルが消えている。

「思い出せた？　本当の杏《あん》にもどった？」

杏《あん》はあいまいに首をふった。

「もどったわけじゃないけれど……この庭の植物たちがつくる空気は、ネバネバの力をおさえるみたい。今、わたしの中に、わたしとネバネバの両方がいる」

「杏《あん》、もどってきて」

杏《あん》ではなく、美月《みつき》と花鈴《かりん》が答えた。

「無理《むり》だよ」

「あきらめるしかないね」

「あんたたち、そんな情《なさ》けないキャラか？」

キレ気味にいい返しながら、気がついた。

美月《みつき》と花鈴《かりん》の顔にそれぞれの「らしさ」がいくらかもどってきた気がする。少なくともおそろいのスマイルじゃない。

ガーデンの力で、ネバネバの力がおさえられているから？

でも、ほかのクラスメイトはニコニコスマイルで、「らしさ」はもどっていない。

美月《みつき》と花鈴《かりん》のふたりと、ほかのクラスメイトのちがいってなんだ？

少しでも自分を思い出せたから？

もしかしたら……。やってみるしかない。

一紗《かずさ》は、杏《あん》の背後《はいご》でニコニコしているひとかたまりのクラスメイトに、いった。

「あんたたちだって、ひとりひとりが主人公だ。お調子者に見えてじつはいつも気配りしているユズル、推理小説大好《すいりしょうせつだいす》き知的《ちてき》なサチ……」

ひとりひとりの個性《こせい》をあげていく。マンガを描《か》くのにキャラは大事だから、ふだんからまわりの人を観察《かんさつ》する習慣《しゅうかん》がついていた。それが役に立つ。

「無口《むくち》なのにたまに口に出す言葉がするどいケンタ、おとなしそうな見かけによらずじつは策士《さくし》のキコ」

こんなひとこと、ふたことで、その人を表せるとは思っていない。そのひとことだって一紗《かずさ》の勝手な思いこみかもしれない。それでも、その人らしさを思い出すきっかけにはなるかもしれない。

思い出して。みんないっしょなんかじゃない、それぞれのキャラを。

「パソコンオタクでホワイトハッカーをめざしているジュン」

ひとかたまりになっている十三人の個性《こせい》をいい終えて、一紗《かずさ》はふう、と息を吐《は》いた。

みんなの顔から、おそろいスマイルが消えてい

た。やった。と思ったものの、聞こえてくるつぶやきは、悲しい。

「今さら、自分を思い出しても、手遅《ておく》れだよ」

「ユズルの気配りに助けられてた。ありがとうな。最後《さいご》にお礼がいえてよかった」

最後《さいご》っていうな。

「キコって、友だちのためにも策《さく》を練ってくれたんだ。たよりにしてた」

過去形《かこけい》にするな。

一紗《かずさ》はクラスメイトたちを「どうでもいい子たち」と分類《ぶんるい》し、マンガのキャラに利《り》用《よう》するだけだった。そのキャラが失《うしな》われそうな今になって気づく。そのひとつひとつが、この世界をつくっているんだって。

杏《あん》がいった。

「一紗《かずさ》、みんなが主人公のマンガを描《か》いて。ひとつの話の中に主人公がたくさんいる群像劇《ぐんぞうげき》でもいいし、ひとりずつの話をたくさんでもいい。わたしたちが個性《こせい》を失《うしな》い、個性《こせい》があったことを忘《わす》れても、一紗《かずさ》のマンガで残《のこ》して」

杏《あん》は、クラスメイトをふり返り、

「みんなもそれがいいよね。そのためには、一紗《かずさ》は一紗《かずさ》でいてもらわなきゃ。ネバネバをうつしちゃだめだよ」

クラスメイトがうなずくのを確認《かくにん》して、一紗《かずさ》に顔をもどした。

「一紗《かずさ》だけは、守る。だから、一紗《かずさ》、描《か》いて」

ちがう。自分だけ守られたいんじゃない。

「描《か》くから、読んで」

杏《あん》や美月《みつき》や花鈴《かりん》や……みんなに読んでもらいたい。

「読んでもらうために、描《か》く。だから、みんな、もどってきて」

「もどれない。あきらめて」と杏《あん》。

「やだ、あきらめない」

美月《みつき》が口をはさんできた。

「一紗《かずさ》ってあきらめが悪いよね。その点だけはかなわない」

「うわぁ、美月《みつき》が一紗《かずさ》を最上級《さいじょうきゅう》にほめた。……あたしもほめてあげる。そのあきらめの悪さはすごい」と花鈴《かりん》。

「奇跡《きせき》かよ？」

ケンタがつぶやいて、クラスメイトたちがクスクス笑《わら》う。

そうだね、奇跡《きせき》かも。美月《みつき》と花鈴《かりん》が一紗《かずさ》をほめるなんて。

そして一紗《かずさ》が、美月《みつき》と花鈴《かりん》にほめられて、力がわいてきたことも。

「みんなもあきらめないで。あたし、きっと描《か》くから。みんなが主人公のマンガを。だから、あきらめの悪いあたしに力を貸《か》して。あたしひとりの力じゃ、だめなんだ」

「一紗《かずさ》のことは守るよ」と杏《あん》。

「ちがう。みんなの中にいるネバネバに、たのんでほしい。あたしたちにチャンスをあたえて、って。あたしたちはまだこれから成長《せいちょう》する。それぞれが主人公で、個性《こせい》があって、けんかもするけれど、それでも認《みと》めあう方法《ほうほう》を見つけるからって。あたしたちなら、きっとできる。あきらめなければ」

どうしてもわかりあえない相手はいるかもしれない。それでも、存在《そんざい》を認《みと》めあうことはできるんじゃないか？

一紗《かずさ》が、美月《みつき》や花鈴《かりん》と認《みと》めあえたように。

「しかたないなぁ。あきらめの悪い一紗《かずさ》に、協力《きょうりょく》してあげよっか」

と、花鈴《かりん》が、こんなときでもかわいこぶって笑《わら》う。

「試《ため》す価値《かち》はあるね」

美月《みつき》はやっぱりえらっそうで。

「本当は、わたしもあきらめられないんだ」と杏《あん》。

「ぼくもあきらめたくない」「あたしも」「やってみよう」そんな声のあと、みんな、まぶたを閉《と》じた。ガーデンがシンとする。みんな、内側《うちがわ》にいるネバネバに話しかけているんだろうか。無言《むごん》の時間が過《す》ぎる。

杏《あん》が目を開けた。

一紗《かずさ》は杏《あん》の目をのぞきこんで、いのるようにつぶやく。ネバネバにとどけ。

「お願《ねが》い、あたしたちにチャンスを」

杏《あん》はほほえみ、視線《しせん》を下げた。その視線《しせん》を追ったら、杏《あん》の指先からネバネバしたレモン色のものが伸《の》びて、足もとにペトンと落ちた。大さじ一杯《ぱい》分くらい。

……ネバネバがぬけた？

杏《あん》にたしかめようとしたとき、ふわっとあまく切ない香《かお》りに包《つつ》まれた。君守草《きみもりそう》の花の匂《にお》いだ。ガーデンをつくっている植物たちがゆらめく。ゆらめきながら、消えていく……。


まばたきしたら、保健室《ほけんしつ》のグリーンカーテンの前に立っていた。

「杏《あん》はどこ？」

「ここだよ」

ふりむいたら、杏《あん》がいた。

クラスメイトたちもいる。

「あれえ、ここ、保健室《ほけんしつ》？」

「なんで、保健室《ほけんしつ》にいるんだっけ？」

ガーデンにいた全員が保健室《ほけんしつ》にいて、ぼんやりした顔を見あわせている。

そのようすを、妖乃先生《あやのせんせい》がほほえみを浮《う》かべて見ている。ヒババさんと精霊《せいれい》の姿《すがた》はない。

美月《みつき》がいった。

「どうしてここにいるのかわからないけれど、大切な約束《やくそく》をしたことはおぼえてる」

「まあ、どんな約束《やくそく》ですの？」

という妖乃《あやの》先生《せんせい》の問いかけに、美月《みつき》と花鈴《かりん》の声がそろった。

「「認《みと》めあうことを、あきらめない」」

クラスメイトたちも、うなずきあっている。

「みなさんきっと、超自然的《ちょうしぜんてき》なすばらしい体験《たいけん》をされたのですわ。そういう体験《たいけん》は、大事な部分以外《いがい》を忘《わす》れてしまうものでしてよ。大事な部分だけ、おぼえておけばよいということでもありますわね。ところで、もうすぐ給食《きゅうしょく》の時間でしてよ」

「そういえば、おなか、すいた」

「とりあえず、教室にもどろうよ」

「妖乃《あやの》先生《せんせい》、失礼《しつれい》します」

美月《みつき》と花鈴《かりん》が先頭になって、クラスメイトたちは戸口へ向かう。

シャロン。

戸を開けたところで美月《みつき》が足を止めて、グリーンカーテンの前に立ったままの一紗《かずさ》をふり返った。

「一紗《かずさ》、みんなが主人公のマンガを描《か》くって約束《やくそく》したよね？」

「あ。あたしもその約束《やくそく》した気がする」

花鈴《かりん》も一紗《かずさ》を見る。クラスメイトたちもいいだした。

「ぼくもその約束《やくそく》した」

「あたしも……」

一紗《かずさ》は、うなずく。

「必《かなら》ず描《か》くから、読んで」

クラスメイトたちは、ニッと笑《わら》ったり、安心したように息を吐《は》いたり、それぞれの表情《ひょうじょう》で、保健室《ほけんしつ》を出ていった。

最後《さいご》に、杏《あん》と一紗《かずさ》が残《のこ》った。

「わたしはおぼえているよ。植物が茂《しげ》ったガーデンに招待《しょうたい》されたことも、精霊《せいれい》が来たことも、あそこで起こったこと全部」

杏《あん》の言葉に、妖乃先生《あやのせんせい》がうなずいた。

「杏《あん》さんは、ガーデンに正式に招待《しょうたい》された方ですから。それにしても、みなさんつながって保健室《ほけんしつ》に入ってきたときは、あせりました。わたくしがロボットダンスを披露《ひろう》してみなさんの気を引き、すきをつくり、精霊《せいれい》を割《わ》りこませせましてよ。こっそりダンスの練習をしていたかいがありましたわ。うふっ」

それは、あやつられていてもおどろくだろう。踊《おど》る妖乃先生《あやのせんせい》とポカンと口を開ける子どもたち、その場面を頭の中でマンガにする一紗《かずさ》のとなりで、杏《あん》がするどい質問《しつもん》をした。

「ガーデンに来ていない子たちのネバネバもぬけたんですよね？」

「ええ。めでたくロック解除《かいじょ》されて、全児童《ぜんじどう》からネバネバがぬけました」

「わたくしゅの中にいたネバネバも、ぬけましゅた」

妖乃先生《あやのせんせい》の黒髪《くろかみ》から精霊《せいれい》が顔を出した。この場面もマンガに使える、と頭の中でスケッチを始める一紗《かずさ》の横で、また杏《あん》がかんじんなことを聞いた。

「ネバネバは、どこへ行ったんですか」

「校庭の地下にもどりました。まもなく再休眠《さいきゅうみん》に入るでしょう。深い眠《ねむ》りになれば、石や土くれと見分けがつかなくなりましてよ」

「……ずっと校庭にいるのかぁ」

不安《ふあん》が口に出た。一紗《かずさ》は一紗《かずさ》にできることをするしかないけれど。

「ネバネバがわたしたちを信《しん》じてくれたんだから、わたしたちも自分たちを信《しん》じよう。

『認《みと》めあうことを、あきらめない』だよ」と杏《あん》。

好《この》みや考え方はそれぞれだけれど、認《みと》めあおうと約束《やくそく》した仲間《なかま》がいる。

「おふたりの話をたくさんお聞きしたいですけれど、今は、給食《きゅうしょく》を召《め》しあがることのほうが大切ですわよ」

子どもたちを危機《きき》におとしいれる大人《おとな》もいるけれど、助けてくれる大人《おとな》もいる。

うん、だいじょうぶ。そう思ったとたん、おなかが鳴った。

教室でみんなと——個性豊《こせいゆた》かなクラスメイトたちと——給食《きゅうしょく》を食べたい。

一紗《かずさ》と杏《あん》はどちらからともなく、手をつなぎ、保健室《ほけんしつ》を出た。

シャロン。

ごきげんよう

養護《ようご》教諭《きょうゆ》（二年目）

奇野《あやしの》妖乃《あやの》

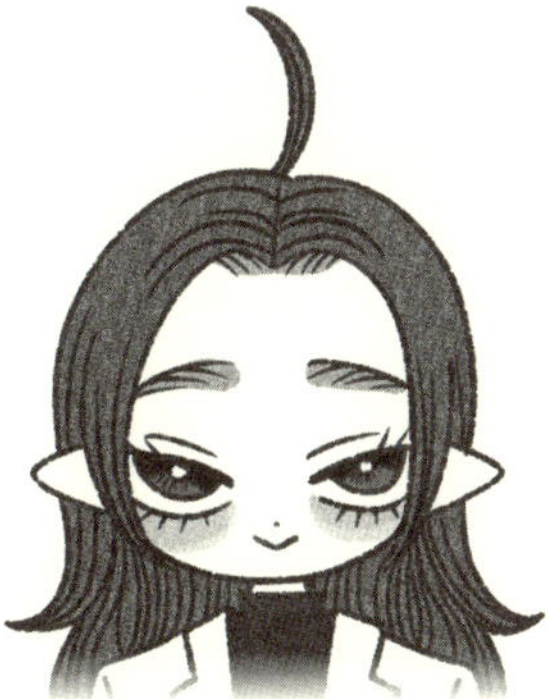

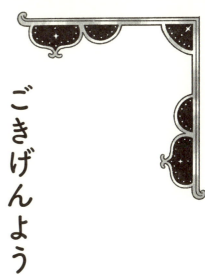

ネバネバは再休眠《さいきゅうみん》に入った。

子どもたちのほとんどは、ネバネバに寄生《きせい》された自覚《じかく》もなく、ネバネバの存在《そんざい》に気づくこともなかった。寄生《きせい》されていた間の記憶《きおく》はぼんやりしていたが、そのことも気にならないようだった。

「そうだっけ？」「いわれてみれば、そんな気がする」「忘《わす》れたかも～」「どうでもよくない？」「そうだね」そんな会話が校内でひんぱんに交わされていた。

ただ何人かは、寄生《きせい》された自覚《じかく》や、その間の記憶《きおく》があった。その子たちは、保健室《ほけんしつ》にやってきた。気持ちの整理をするためだろう。

もちろん大歓迎《だいかんげい》だ。養護教諭《ようごきょうゆ》としてアフターケアにつくす。それに子どもたちの話を聞きたかった。なんといっても二度とない体験《たいけん》……二度目があっては困《こま》る体験《たいけん》だ。

最初《さいしょ》に保健室《ほけんしつ》に来たのは、五年生の戸田《とだ》一紗《かずさ》と丸井《まるい》杏《あん》。ガーデン内でのできごとを、くわしく聞いた。ふたりに、妖乃《あやの》の曾祖母《そうそぼ》であるひ祖母《ばば》を「ヒババさん」と紹介《しょうかい》できたのはうれしかった。

黒乃《くろの》も学校の精霊《せいれい》として姿《すがた》を見せた。

その数日後、六年生の山下碧《やましたあおい》と四年生の山下和音《やましたわのん》が連《つ》れだってやってきた。いとこどうしのふたりだ。

黒乃《くろの》にネバネバタッチされ人類《じんるい》への寄生《きせい》のトップバッターとなった山下碧《やましたあおい》は、ネバネバに気づかず、寄生《きせい》された自覚《じかく》もなかった。けれどぼんやりと記憶《きおく》はあり、それがあまりに自分らしくない行動ばかりだったので不安《ふあん》になったらしい。

「現実感《げんじつかん》がなくて、物語みたいなんだ。それで和音《わのん》に『あたし、どんなふうだった？』って聞いた。そしたら、『ネバネバに寄生《きせい》されてた』って。信《しん》じられない話なのに、ああそうだったのかって心は納得《なっとく》した」

碧《あおい》が話すとなりで、和音《わのん》はだまってハーブティーを飲んでいる。

碧《あおい》は妖乃《あやの》を見る。

「先生、あたし、もう寄生《きせい》されてないよね？　あたしは今、あたし自身だよね？」

この子は、それを確認《かくにん》したくて、保健室《ほけんしつ》に来たのだろう。

「ええ、ネバネバはぬけました。今の碧《あおい》さんは、碧《あおい》さん自身です」

「ああ、よかった」

碧《あおい》はやっとハーブティーに口をつけ、いい香《かお》り、とつぶやく。

「このごろ、以前《いぜん》のあたしだったら考えないことを、考えるんだ。たとえば、班《はん》の多数決でハ虫類《ちゅうるい》ショップにインタビューできなかったこと、今までのあたしなら班活動《はんかつどう》なんて大っきらい、で終わった。今は、あれが班《はん》でなく、クラスのみんなに行きたい店を聞いていたら、それか六年生のみんなに聞いていたら、あたしのほかにもハ虫類《ちゅうるい》ショップを希望《きぼう》する人がいたんじゃないか。そしたらその人といっしょにがんばれたかもって考える。『みんな』を広げれば自分と同じ思いの人がいるかもしれない、『みんな』は広がる。……これはあたしが考えていることなのか、それともまだあやつられているのか、って心配だったんだ」

それから、和音《わのん》のほうを向く。

「和音《わのん》にネバネバをうつしちゃって、ごめんね」

和音《わのん》は首を横にふって、いった。

「あたしはね、『みんないっしょ』から自分にもどったら、自分が小さくてたよりなくて、でもたしかに存在《そんざい》しているたったひとつのあたしだって、感じたの。大事にしたいって思ったの」

「うん。かけがえのないたったひとりの和音《わのん》だよ」

けっこう長い時間、保健室で話していたのだけれど、和音《わのん》は、口ぐせだった「あたしなんて」を、一度も口にしなかった。

また別《べつ》の日、六年生の北静夜《きたせいや》もやってきた。白狐《びゃっこ》のしっぽをアイテム化した〈クールコンコン〉で孤軍奮闘《こぐんふんとう》したものの、修学旅行《しゅうがくりょこう》でネバネバに寄生《きせい》されてしまった子だ。

「妖乃先生《あやのせんせい》がきっと救《すく》いだしてくれると信《しん》じていたんだ」

と、人なつっこい笑顔《えがお》で、〈クールコンコン〉を返してくれた。修学旅行《しゅうがくりょこう》で使ったバッグに入れっぱなしになっていたそうだ。ヘンゲを楽しみにしていたアイテムだけれど、長時間忘《わす》れられていたこともあって、まったくヘンゲはなかった。残念《ざんねん》だけれど、今回はしかたない。

静夜《せいや》には、寄生《きせい》され、あやつられていた間の記憶《きおく》があった。

「『みんないっしょ』がいちばん大切で幸せなことで、外にいる人を『いっしょ』の中へ入れなきゃって考えていた。それが正しいことで、自分の使命だって……。今思うとすごくこわい。でも、よかったこともあるんだ。ネバネバがぬけたあと、クールなふりするのがイヤになった。今すごく自然体《しぜんたい》で、楽なんだ」

妖乃《あやの》はハーブティーをいれてゆっくり話を聞きたかったのだけれど、

「友だちが待ってるから。先生、ありがとう」

と、またしても、人なつっこい笑顔《えがお》で礼をいって、出ていった。

三年生の仲井倫《なかいりん》は、ネバネバに寄生《きせい》されたことに気づいてなかった。その間の記憶《きおく》もぼんやりしているようだった。

「妖乃先生《あやのせんせい》、ぼく、〈豆本ハートシェルター〉なくしちゃったかも。ごめんなさい」

倫《りん》は保健室《ほけんしつ》の中には入らず、戸口から顔をのぞかせてそういった。

「あら、もう返していただきましてよ」

本当は鉄棒《てつぼう》にぶらさげられていたのを、黒乃《くろの》が見つけ、妖乃《あやの》が回収《かいしゅう》したのだけれど。

「そうだっけ？　こわれてなかった？　クマさんがこわくなったりとかは？」

「こわれていませんことよ」

クマが荒々《あらあら》しく変身《へんしん》し部外者を追い返すのは、安全機能《あんぜんきのう》のひとつだ。

倫《りん》は見るからに、ほっとした顔になった。

「よかった。あ、でももうアイテムはいらない。なくても、心の中で好《す》きな絵本を開くことができるようになったから」

「あら、〈豆本ハートシェルター〉を使ううちに、コツをおぼえましたのね。その技《わざ》は大人《おとな》になっても使えましてよ」

みんないっしょが好《す》きな倫《りん》だけれど、だからこそ、安心してひとりになれる場所が、必《ひっ》要《よう》になるだろう。

「バイバイ」

倫《りん》は手をふって、戸を閉《し》めた。シャロン。

校内からネバネバの気配が薄《うす》れ、子どもたちもそれなりに落ち着いた二月。

今日《きょう》、ひ祖母《ばば》が出発する。世界一の薬草師《やくそうし》はいそがしい。世界中の植物からSOS《エスオーエス》がとどくのだ。

「妖乃《あやの》特製《とくせい》ハーブティーを飲んでから、行くことにしよう」

「ええ、お茶会をいたしましょう」

「わたくしゅも、お茶会しゅましゅ」

黒乃《くろの》がうれしそうに出した小さなカップは、一紗《かずさ》と杏《あん》にプレゼントされたものだ。

ハーブティーを三人分、いれた。

「妖乃《あやの》は今回もコレクションを得《え》られましぇんでしゅたね」

「ネバネバのせい……そもそも、黒乃《くろの》がネバネバに寄生《きせい》され、子どもたちに伝染《でんせん》させたのですから、黒乃《くろの》のせいともいえますわね」

「わたくしゅがいなかったら、ネバネバしゃまは地中の生き物に分身をあちこちに運ばしえ、もっと大変《たいへん》なことになったでしゅよ。今回、わたくしゅ、大活躍《だいかつやく》でしゅた」

「妖乃《あやの》も黒乃《くろの》も、たいしたものさ」

そういってから、ひ祖母《ばば》は思案顔《しあんがお》になった。

「ネバネバははるか昔、生物が多種《たしゅ》に分かれて進化を始めたころに、リセットボタンの役割《やくわり》をもって生まれたのかもしれない。まちがった進化を取り消すために」

もう少しで、人類《じんるい》がリセットされるところだった。

「今までにも人類《じんるい》は何度もネバネバを起こしている。校庭のいさかいで、限度《げんど》をこえてしまったのだろう」

「ネバネバしゃまのかんにん袋《ぶくろ》の緒《お》が切れたのでしゅ」

再休眠《さいきゅうみん》したとはいえ、かんにん袋《ぶくろ》の緒《お》が切れそうな状態《じょうたい》は変《か》わらないのかもしれない。

「リセットボタンがひとつとは限《かぎ》りませんわね」

ネバネバは「争《あらそ》い」に反応《はんのう》した。「欲《よく》」や「エゴ」に反応《はんのう》する古代生物もいるかもしれない。

「いくつあっても、植物がロックオンしゃれることは、ないでしゅ」

黒乃《くろの》のいうとおりだろう。

「そういえば、黒乃《くろの》、ガーデンの種《たね》をどこにかくしましたの？」

ガーデンが消えても種《たね》は残《のこ》るはずなのに、見つからないのだ。

「ガーデンの種《たね》は、妖乃《あやの》のものには、なりましぇん」

妖乃《あやの》特製《とくせい》アイテムは、ヘンゲして妖乃《あやの》のコレクションとなるように、つくる。それが大事な目的《もくてき》だ。

けれど〈ガーディアン・ガーデン〉は、コレクションを目的《もくてき》にせず、使い手を守るということに集中した。そうでなくてはネバネバをふせげなかった。それに、妖乃《あやの》個《こ》人《じん》の欲《よく》を入れるのは、人類存続《じんるいそんぞく》のために集まってくれた植物に対して不誠実《ふせいじつ》だから。

とはいうものの、すぐれたアイテムだから未練《みれん》はある。回収《かいしゅう》できるものなら、手もとに置《お》きたい。

「黒乃《くろの》のものでもございませんでしょう？」

「わたくしゅはガーデンの一部になりましゅた。ガーデンの仲間《なかま》でしゅ。妖乃《あやの》のアイテムになることも、コレクションになることも、拒否《きょひ》しゅましゅ」

むむむ。コレクション化したい気持ちを見透《みす》かされていたか。どういい返そうかと考えていたら、黒乃《くろの》が先手を打って、話題を変《か》えた。

「ひ祖母《ばば》しゃま、前の学校で、妖乃《あやの》のことを魅力的《みりょくてき》だといった獣医《じゅうい》がいるでしゅよ」

ひ祖母《ばば》が、満面《まんめん》の笑《え》みになった。

「おやまあ。そんなすてきな話を聞かずに旅立つわけにはいかないねえ。黒乃《くろの》、話しておくれ」

黒乃《くろの》が喜々《きき》と話しだす。まったく困《こま》ったお調子者だ。けれど、ひ祖母《ばば》が笑《わら》っているから、止めないでおこう。

「『野生動物のような美しさに胸《むね》を射《い》ぬかれた』といったでしゅ」

あの獣医《じゅうい》はもうとっくに、妖乃《あやの》の顔も名前も忘《わす》れているだろう。

ひ祖母《ばば》は笑顔《えがお》で旅立った。

ひ祖母《ばば》を見送って、君守草《きみもりそう》もグリーンカーテンから種《たね》にもどった。これは妖乃《あやの》の種《たね》だ。新しい種《たね》は、ガーデンの種《たね》となって、黒乃《くろの》にどこかにかくされている。

三月となり、卒業式《そつぎょうしき》がおこなわれた。

北静夜《きたせいや》は人なつっこい笑顔《えがお》でクラスメイトと肩《かた》を並《なら》べ、山下碧《やましたあおい》は我《わ》が道《みち》を行く表《ひょう》情《じょう》で、つまりはどちらも自分を取りもどした表情《ひょうじょう》で、卒業《そつぎょう》していった。

そして修了式《しゅうりょうしき》の朝。妖乃《あやの》の黒子《くろこ》たちから情報《じょうほう》がとどけられた。

黒子《くろこ》は、トケイソウの種《たね》を術《じゅつ》でヘンゲさせたものたちだ。妖乃《あやの》が人の世にうまく混《ま》じれるよう、裏《うら》で暗躍《あんやく》してくれている。黒乃《くろの》の姉たちでもある。

その情報《じょうほう》は、警告《けいこく》でもあった。

前任校《ぜんにんこう》で「黒の精霊《せいれい》」のうわさが、その前の学校では「イチョウの精霊《せいれい》」のうわさが残《のこ》っている。精霊《せいれい》が身につけている黒衣《こくい》の形は、養護教諭《ようごきょうゆ》の白衣《はくい》そっくりだとか。

妖乃《あやの》は、九年かけて人の一年分の成長《せいちょう》をする「のんびりこ」だ。一年ごとに学校を変《か》わるのは、それをかくすため。さらに妖乃《あやの》には忘却《ぼうきゃく》の〈おぼろの術《じゅつ》〉がかけられている。学校を去れば、そこで関《かか》わった人々は、妖乃《あやの》をすみやかに忘《わす》れる。

もしも、不老長寿《ふろうちょうじゅ》を求《もと》め、のんびりこをさがす追跡者《ついせきしゃ》があらわれたとしても、学校に妖乃《あやの》の痕跡《こんせき》は残《のこ》っていない。せいぜい、あやしい養護教諭《ようごきょうゆ》がいたかも……くらいだ。

けれど、黒乃《くろの》には忘却《ぼうきゃく》の術《じゅつ》はかかっていない。

追跡者《ついせきしゃ》が、精霊《せいれい》とともにあやしい養護教諭《ようごきょうゆ》がいたことに気づき、それをのんびりことつなげて考えたら……精霊《せいれい》のうわさをたどれば、妖乃《あやの》にたどりつくかもしれない。

「黒乃《くろの》にも〈おぼろの術《じゅつ》〉をかけてあげましょう」

それで解決《かいけつ》。そう思ったのに。

「〈おぼろの術《じゅつ》〉は、いりましぇん」

黒乃《くろの》は、妖乃《あやの》の頭から飛《と》びおり、机《つくえ》の上に立った。

「わたくしゅは、この学校に残《のこ》りましゅ」

「ま、どうしてですの？」

「この学校のしぇいれい、でしゅからね」

「『学校の精霊《せいれい》』が気に入りましたの？」

「『イチョウのしぇいれい』や『黒のしぇいれい』も、気に入ってましゅ」

子どもたちの記憶《きおく》に残《のこ》った自分を消したくないということか……その気持ちは、よくわかる。

「しょれに、ネバネバしゃまはまだ深い眠《ねむ》りに入ってましぇん。見守る必要《ひつよう》がありましゅ」

黒乃《くろの》がそう感じるなら、そうなのだろう。ネバネバを身の内に入れていた黒乃《くろの》は、ネバネバへの感度が高い。

「前の学校から、わたくしゅのあとをたどってくるものがいたら、この学校で正体をあばき、やっつけてやりましゅ」

黒乃《くろの》の話を聞いているうちにピンときた。これは、今、決めたことじゃない。

「黒乃《くろの》、この情報《じょうほう》を、わたくしより先に受けとりましたわね？　どうするかをじっくり考えましたわね？」

姉の黒子《くろこ》たちとも相談したにちがいない。

黒乃《くろの》は腰《こし》に手をあて、ふんぞりかえった。

「わたくしゅ、優秀《ゆうしゅう》な、学校のしぇいれい、でしゅから」

黒乃《くろの》の姉たちが優秀《ゆうしゅう》なのはたしかだ。修了《しゅうりょう》式《しき》の時間がせまったこのタイミングで情報《じょうほう》をとどけたこともふくめて。黒乃《くろの》の考えを変《か》えさせようにも、説得《せっとく》する時間がない。

「修了《しゅうりょう》しゅきが、始まりましゅよ」

もちろん妖乃《あやの》は、修了式《しゅうりょうしき》を欠席《けっせき》したりはしない。妖乃《あやの》にとっては一年をともにした子どもたちとのお別《わか》れ式《しき》でもあるのだから。

ネバネバに寄生《きせい》されみんな同じ顔——まん丸なニコニコ顔——になっていた時期もあったが、今はどの子も自分の顔をしている。寄生《きせい》される前より、たくましくなったくらいだ。

そんな子どもたちを見ているうちに、黒乃《くろの》の決定を受け入れる覚悟《かくご》ができた。

なんとかなるでしょう。学校の精霊《せいれい》を大事に思ってくれる一紗《かずさ》や杏《あん》もいる。優秀《ゆうしゅう》なガーデンの種《たね》もともにある。黒子《くろこ》たちにも見守ってもらいましょう。

本人がいやがる〈おぼろの術《じゅつ》〉をかけることも、無理《むり》やり連《つ》れていくことも、できはしない。したくない。

修了式《しゅうりょうしき》を終えて、保健室《ほけんしつ》にもどった。

妖乃《あやの》は私物《しぶつ》をバッグにしまう。戸口の鈴《すず》、アイテムの材料《ざいりょう》。ヘンゲさせられなかった〈すりぬけ仮面《かめん》〉や〈ことのはチョーカー〉や〈豆本ハートシェルター〉や〈クールコンコン〉も。いつか改良《かいりょう》して使いましょう。

黒乃《くろの》の小さなカップがどこにもないことに気づいた。一紗《かずさ》と杏《あん》からもらったものだ。

黒乃《くろの》がどこかにかくしたらしい。

この学校での最後《さいご》のチャイムが聞こえた。

妖乃《あやの》は窓辺《まどべ》に立って、子どもたちの下校を見送る。

手をふってくる子には、手をふり返す。窓辺《まどべ》に寄《よ》ってきた子とは、言葉を交わす。

五年生の一紗《かずさ》と杏《あん》も窓辺《まどべ》に来た。

「杏《あん》とふたりで、マンガのストーリーを練ってるんだ」

「精霊《せいれい》さんも活躍《かつやく》するんだよ」

といってから、あわてて、

「あ、精霊《せいれい》さん、かくれてて」

「見つかっちゃうよ。今は出てきちゃだめ」

学校の精霊《せいれい》の存在《そんざい》は、ふたりの秘密《ひみつ》だそうだ。うわさが広がれば、精霊《せいれい》を見つけよ
うとしたり、つかまえようとする人が出てくる。SNS《エスエヌエス》に投稿《とうこう》されたらさらに広がり、

世界中から注目されるかもしれない。集まってくる人が善人《ぜんにん》とは限《かぎ》らない、と。

「マンガには登場させるけどね。ふたりで考えたキャラってことにするんだ」

たのもしい子たちだ。

ほどなく、子どもたちはみな、下校した。

妖乃《あやの》は黒乃《くろの》に話しかける。

「黒乃《くろの》を人の姿《すがた》にしている術《じゅつ》は、黒子《くろこ》たちと同じく、五年後にとけましてよ。とける前に、わたくしのもとにおいでなさいまし」

黒子《くろこ》たちにかかっている術《じゅつ》は、ひ祖母《ばば》がかけた。黒子《くろこ》たちはひ祖母《ばば》のもとにもどり、トケイソウの種《たね》にもどる。ひ祖母《ばば》はその種《たね》を土にまき、トケイソウを育てる。

黒乃《くろの》には、妖乃《あやの》が術《じゅつ》をかけた。

妖乃《あやの》の髪《かみ》にかくれていた黒乃《くろの》が、顔を出す。

「しょのつもりでしゅ」

五年後、黒乃《くろの》もトケイソウの種《たね》にもどり、トケイソウの花を咲《さ》かせるのだろうか。

妖乃《あやの》は保健室《ほけんしつ》の窓《まど》を閉《し》めた。

保健室《ほけんしつ》の片《かた》づけはすんで、荷物の準備《じゅんび》もできている。

バッグを持つ。

「わたくしゅも、ほけんしゅつを、出ましゅ」

黒乃《くろの》が、妖乃《あやの》の頭の上に立った。

「保健室《ほけんしつ》を出て、どこをすみかにしますの？」

「クシュノキしゃまが、よんでくれたでしゅよ。枝葉《えだは》にかくれた上のほうに、いい洞《うろ》があるのでしゅ」

校庭に立つクスノキの大木だ。

「なるほど。ガーデンの種《たね》もそこですわね」

「ないしょでしゅ」

見つからないはずだ。樹木《じゅもく》も黒乃《くろの》の味方なのだから。

「たのもしい仲間《なかま》が、たくさんいますわね」

「わたくしゅ、たいしゅたものでしゅ」

そっくり返っている気配だ。おまけに、

「妖乃《あやの》のピンチには、たしゅけに、かけつけてやりましゅ」

妖乃《あやの》が黒乃《くろの》にいうつもりだったセリフを、先どりされてしまった。

妖乃《あやの》は、保健室《ほけんしつ》の戸を開ける。

「ごきげんよう」

一年間を過《す》ごした保健室《ほけんしつ》に、別《わか》れをつげた。

校舎《こうしゃ》を出たところで、

「わたくしゅがいなくても、しっかりやりなしゃい」

黒乃《くろの》が妖乃《あやの》の頭から肩《かた》、腕《うで》をつたって、地面におりた。ふり返ることもなくかけだし、校庭を横切っていく。小さく黒いものが、校庭のはしのクスノキの幹《みき》をかけのぼって、こずえに消えた。

それを見とどけ、妖乃《あやの》はクスノキに背《せ》を向け、校門へと歩きだした。

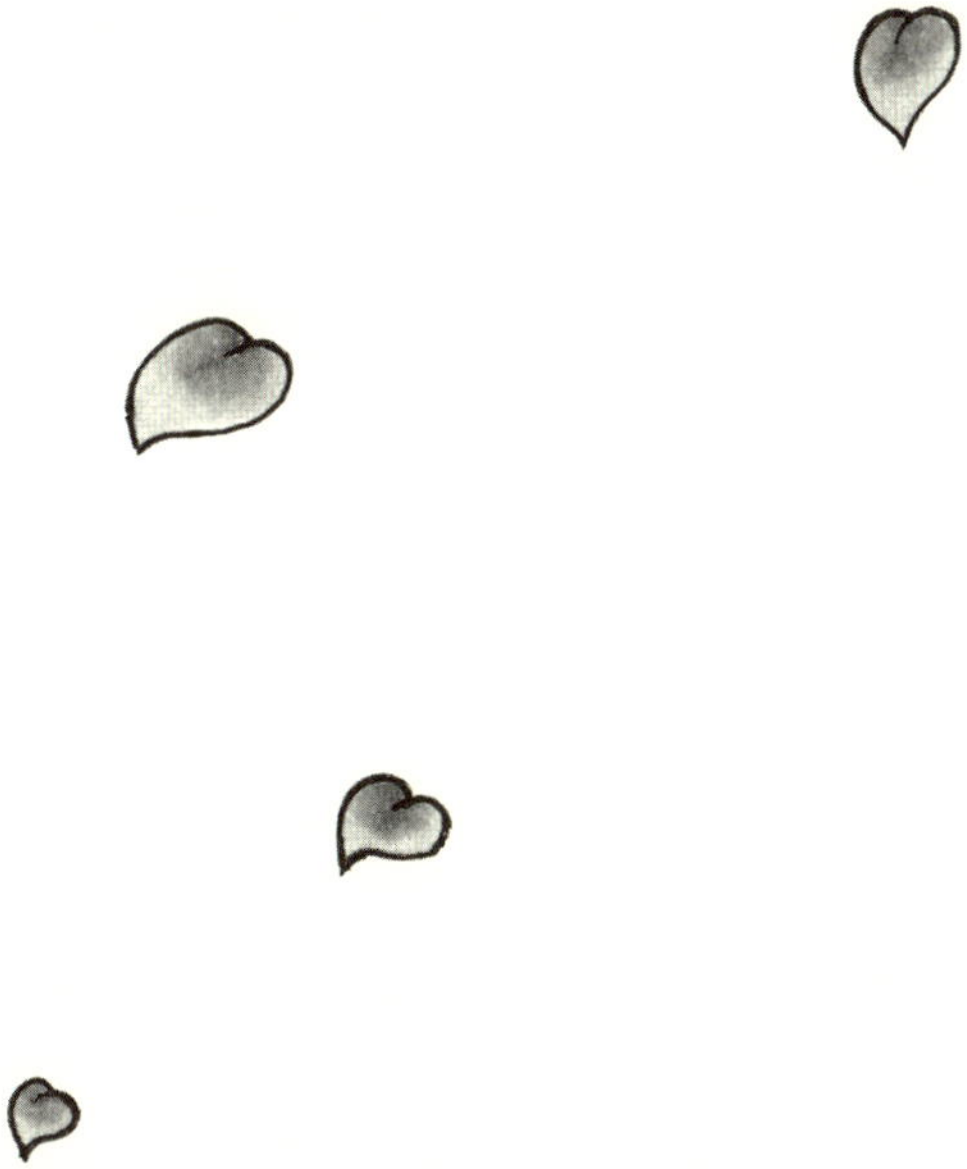

妖乃《あやの》がクスノキに背《せ》を向け校門へと歩いていたそのころ――。

妖乃《あやの》の前任校《ぜんにんこう》の四年生、辻本藤弥《つじもととうや》の部屋で、君守草《きみもりそう》の目に見えない花が、咲《さ》いた。

藤弥《とうや》が保健室《ほけんしつ》で種《たね》を受けとり、育てた君守草《きみもりそう》だ。窓辺《まどべ》に茂《しげ》っている。

持ち主がだれかの心を守ったときに花が咲《さ》く。妖乃《あやの》先生《せんせい》はそういっていた。

藤弥《とうや》が守ったのは、きっと獣医《じゅうい》さんの心だ。獣医《じゅうい》さんは二年生が飼育《しいく》するモルモットのために学校に来るうちに、妖乃《あやの》先生《せんせい》を好《す》きになっていたんだ。

胸《むね》がきゅんとするような花の匂《にお》いの中で、藤弥《とうや》は、妖乃《あやの》先生《せんせい》がいなくなってからの日々を思い返す。


妖乃《あやの》先生《せんせい》が、その日限《かぎ》りで学校からいなくなると知ったとき、藤弥《とうや》は全力疾走《ぜんりょくしっそう》で、獣医《じゅうい》さんに知らせにいった。でも獣医《じゅうい》さんが犬やネコの治療《ちりょう》を終えてから学校へかけつけたときにはもう、学校のどこにも妖乃《あやの》先生《せんせい》はいなかった。

「獣医《じゅうい》さんにだまっていなくなるなんて、妖乃《あやの》先生《せんせい》、ひどいよ」

藤弥《とうや》は腹《はら》が立ったけれど、獣医《じゅうい》さんは首を横にふった。

「きっと、人にいえないわけがあるんだよ」

新学期が始まっておどろいた。学校のみんなが、妖乃《あやの》先生《せんせい》のことを忘《わす》れていたから。獣医《じゅうい》さんもそうだった。そしてそのことに苦しんだ。

「大好《だいす》きだったあの人の、顔も声も思い出せない。今でも大好《だいす》きなのに」

職員室《しょくいんしつ》で見せてもらった卒業《そつぎょう》アルバムの先生たちのページには、保健室《ほけんしつ》の先生も写っている。だけど光が反射《はんしゃ》したようで顔がはっきりしない。

先生の名前があるべきところには、「養護《ようご》教諭《きょうゆ》」とあった。

けれど藤弥《とうや》だけは、妖乃《あやの》先生《せんせい》の名前も顔も声も思い出せた。

よりくっきりと思い出せるのは、君守草《きみもりそう》が匂《にお》う自分の部屋にいるときだ。

そのことに気がついた藤弥《とうや》は、君守草《きみもりそう》の葉を一枚《まい》、獣医《じゅうい》さんにあげた。

獣医《じゅうい》さんは、目を赤くして、いった。

「……思い出せた……ありがとう」

それからもときどき、藤弥《とうや》は、獣医《じゅうい》さんに君守草《きみもりそう》の葉をあげた。

獣医《じゅうい》さんはその葉を手帳にはさんだり、ドライリーフにして診察室《しんさつしつ》や自分の部屋にかざったりして、一枚《まい》も捨《す》てていない。

「いつかハーブティーにしようかな。ああ一度でいいから、妖乃《あやの》先生《せんせい》のハーブティーを飲みたかったなぁ」なんていっていた。


そして今。目に見えない花がかげろうのようにゆらめき、あまくやさしく泣《な》きたくなるような匂《にお》いが、藤弥《とうや》の部屋を満《み》たしていく。

自分が種《たね》を受けとったあの日の保健室《ほけんしつ》のように……。ああ、そうか。

藤弥《とうや》は部屋を走り出ると、動物病院《どうぶつびょういん》へとかけた。

「君守草《きみもりそう》が獣医《じゅうい》さんをよんでるっ」

昼休み中だった獣医《じゅうい》さんを、藤弥《とうや》の部屋へと連《つ》れてきた。

部屋に入るなり獣医《じゅうい》さんは目をうるませ、深呼吸《しんこきゅう》した。

窓《まど》ぎわの君守草《きみもりそう》の茂《しげ》みにゆっくりと近づき、その中央のゆらめきに両手を入れると目を閉《と》じ、静《しず》かに呼吸《こきゅう》している。君守草《きみもりそう》と話しているんだ。

しばらくして目を開け、にぎりあわせた両手をゆらめきから引きぬいた。

「藤弥《とうや》くん、ありがとう」

獣医《じゅうい》さんは種《たね》をにぎりしめた手を、胸《むね》にあてて、つぶやく。

「必《かなら》ず妖乃《あやの》先生《せんせい》をさがしだすよ。会って、伝《つた》えなきゃ」

「告白《こくはく》？」

「妖乃《あやの》先生《せんせい》を忘《わす》れるあの魔法《まほう》は、妖乃《あやの》先生《せんせい》自身がかけたのかもしれない。きっとわけがあって、忘《わす》れられる痛《いた》みを覚悟《かくご》のうえで……。そう思っても、ぼくは妖乃《あやの》先生《せんせい》との思い出を消されることがとてもつらかった。二度と会えなくても、いや会えないならなおさら大切な思い出だ。ぼくは心配なんだ。妖乃《あやの》先生《せんせい》は思い出を消される痛《いた》みを知らないんじゃないか、あんな魔法《まほう》を相手の痛《いた》みも知らずに使《つか》い続《つづ》けていたら、いつかしっぺ返しを受けるんじゃないか、妖乃《あやの》先生《せんせい》に悪いことが起きるんじゃないかって。だから、ぼくがつらかったことを伝《つた》えなきゃ……」

「それって、やっぱり告白《こくはく》では？」

「……妖乃《あやの》先生《せんせい》に？　そ、そんな、だいそれたこと……」

君守草《きみもりそう》の葉が、クスクスとゆれている。

作者　染谷果子（そめや・かこ）
著書に「あやしの保健室」シリーズ（小峰書店）、『ホラーチック文具』（PHP研究所）、共著に『開けてはいけない』、「ラストで君は『まさか！』と言う」シリーズ、『リバース』（以上、PHP研究所）などがある。

画家　HIZGI（ひつぎ）
世界一可愛い女の子を描き続ける絵描き。国内はもちろんの事、海外でも人気が上昇している。特に次々と新作イラストが更新されるInstagramには根強いファンが多く、海外からの評価も高い。Instagram:@hizgi

あやしの保健室《ほけんしつ》Ⅱ
❹古代生物ネバネバ

2024年12月25日　第1刷発行

作　者……………染谷果子
画　家……………HIZGI
装　丁……………大岡喜直（next door design）
発行者……………小峰広一郎
発行所……………株式会社小峰書店
〒162-0066　東京都新宿区市谷台町4-15
TEL　03-3357-3521
FAX　03-3357-1027
https://www.komineshoten.co.jp/
印　刷……………株式会社精興社
製　本……………株式会社松岳社

ISBN 978-4-338-34804-1　NDC 913　191P　20cm

Ayashi-no Hokenshitsu II